KB128100

사랑
제곱

※ 쉼표 및 일부 맞춤법은 저자 고유의 운율과 글맛을 고려해 그대로 두었습니다.

우리.

서로에게

물 들 어

사랑
제곱

—

글·그림
이힘찬

차
례

scene 2 사랑을, 지키고 싶다

내가 누리는 이 사랑을, 지켜내고 싶은 사람들의 이야기.
하나둘씩, 내가 물러서고 다가서야 하는 사랑이란…

scene 3

사랑을, 느끼고 싶다

열 살 아이의 사랑부터 60세의 사랑까지.
있는 그대로 사랑하는 사람들의 이야기.
어릴 적 느끼던 사랑과 지금 느끼는 사랑.
그리고 앞으로 마주할 사랑이란…

사랑
제곱

늘 더 어른이지 못한 것이 불만이었다.
늘 더 많은 시간을 갖지 못하고, 더 많은 귀와 더 많은 눈, 그리고 더 많은 다리를 갖지 못하는 것을 불평했다. 아직도 세상에는 보고 듣지 못한, 내가 알지 못하고 느끼지 못한 사랑 이야기가 그토록 많은데… 그곳에 더 가까이 가지 못하는 것에 대한 아쉬움이었다.

언제나 '사랑'이라는 단어를 좋아했다. 그 감정, 그 느낌, 그 색감, 그 향기가 좋아서 늘 사랑 타령을 했다. 사랑하며 살고 싶어서 언제나 내 마음을 그대로 표현했고, 사랑을 받고 싶어서 그 사람의 사랑에 귀 기울였다. 듣지 못해서 아파할 때가 더 많았지만, 아프고 나면 더 많이 듣기 위해 더 몸을 낮추었고 더 가까이 다가갔다. 글을 쓰는 것이 좋아서 그 마음들을 글로 썼고, 전하고 싶어서 그 사랑을 그림으로 남겼다. 그렇게 시작한 것이 카카오스토리 '감성제곱'이다.

여러분의 사랑을, 당신만이 알고 있을
당신의 사랑을 들려주세요.
사랑에 대해서 참 많은 말들이 있습니다.
여러분에게 사랑은, 무엇인가요?
여러분이 생각하는 혹은 바라는
아니면 여러분의 기억 속에 있는
혹은 지금 누리고 있는..
그 사랑이 무엇인지 들려주세요.
최소영
30대인 저에게는 믿음… 배려… 그저 이유가 없는 그 사랑과 함께 한다는게 좋은 그런 게 아닐까요?
현진
사랑은… 설레임~ ♡ ^^
♥hee.들꽃향
사랑은 이해하는 것.
한발짝 뒤에 서있는 것.
채여니
저는 10대입니다. 제가 아는 사랑의 의미는 only you입니다. 지금은 제 옆에 없지만
오직 그 사람뿐입니다. 한결 같이… 보고싶네요.
어리
저에게 사랑이란… 내가 살아있음을 느끼게 해주는 아름다운 감정♥
20대인 나에게 사랑이란 그대가 잘되길 바라는 것… 지금은 없지만 내 20대
잘되길 바라는 것…
HSJ
사랑이란 보고 싶어도 참아야 하고 만나고 싶어도 참아야 하는 그리움입니다
~^^
성현짱
사랑은 그리움과 추억 같은…
지나고 나니 그런 생각이 드네요
잡히지 않는 구름처럼…
so young Yoon
사랑은……
줄다리기 하다가도 힘을 빼고 끌려가 주는 것…
기냥웃지요
사랑은 설렘으로시작해서 기쁨, 환희를 지나 아픔, 그리움, 추억으로 남는 것
임문아
사랑은 희생. 기다림. 기쁨. 눈물. 무언가를 한없이 주고 싶은 맘… 미소 하나에 모든 게 용서되는 그것~♥
Hayoung
박준영
40대 저에게 사랑은
간절함이다

내가 들은 사랑 이야기는 어느 하나 놓칠 것 없이 특별하고 소중한 기억들이었다. 만들어진 이야기가 아닌 있는 그대로의 이야기였기에, 나 역시도 들으며 그 사랑의 순간들을 조금이나마 함께 추억할 수 있었다. 내 사랑에 대해서도 수백 번, 수천 번 돌아보는 시간이었다. 아아, 나에게도 그런 사랑이 있었지. 아아, 나도 그때 이 사람처럼 사랑했다면. 아, 마치 지금의 내 모습 같구나… 사랑 이야기에 푹 빠져드는 것이 얼마나 값진 일인지, 다시 한 번 깊이 느낄 수 있는 시간들이었다.

이번에도 또, 사랑에 대한 책이야.

두 번째 책인 만큼, '이번에는 무슨 책이냐?'는 질문을 많이 받았다. 처음 온라인에서 감성제곱을 연재하기 시작한 것은 내 사랑 때문이었다. 내 감정, 그리고 내 감성을 다스리기 위해 시작한 이야기였다. 그리고 1년간 연재하며 느꼈던 것은 사랑은 결코 '나만의 이야기'가 아니라는 것. 이런 마음 누가 알겠어-라며 안고 있는 많은 이야기들을 사실은 모두가 똑같이 안고 있었다. 더 많은 이야기를 나누고 싶었다. 그리고 더 많은 사랑을 느끼고 싶었다. 하지만 내가 해 본 사랑만으로는 들려줄 이야기가 너무나 적었다. 내가 겪지 않은 것을 글로 옮기는 것은 예의가 아니라고 생각했기에, 나만의 사랑에 갇혀서 글을 쓰고 있었을 때 또 하나의 사랑과 마주했다.

제 이야기도 한 번 들어보실래요…?

카카오스토리, 감성제곱은 혼자만의 SNS에 올려놓던 이야기들을 더 넓은 곳으로 옮긴 것이었다. 그럴 수 있었던 것은, 더 많은 사람들과 나눠 보는 것이 어떻겠냐는 한 친구의 제안 덕분이었다. 《감성제곱》을 출판하고 얼마 지나지 않아 한 독자가 자신의 사연으로 이야기를 그려달라며 긴 글을 보내주었다. 그 안에는 내가 겪어보지 못한, 그리고 상상하지도 못한 깊은 감정과 감성이 담겨있었다. 평소에도 이야기를 듣는 것에 관심이 많았지만, 그 메일을 받고 난 후에는 더 많은 사랑의 모습들에 대한 갈증이 생겼다. 그래서 연재하던 곳에 바로 글을 남겼다.

이곳에 당신의 사랑을 들려주세요.

그 날로부터 일주일 동안, 사랑에 대한 약 750개의 이야기가 댓글로 남겨졌고, 얼마 후에 물은 또 한 번의 질문에도 500여 개의 사랑 이야기가 펼쳐졌다. 이 책에 담긴 모든 이야기는 바로 그 1,300여 개의 댓글과 약 100편의 편지로 시작한 이야기다. 모든 에피소드 하나하나가 그들이 들려준 사랑으로 시작해서, 내가 살아가는 사랑 그리고 내가 살아가려는 사랑으로 끝난다.

사랑과 사람이 발음이며 생김새까지 비슷한 것처럼, 사랑하며 살아가는 사람들의 모습도 그만큼이나 닮아있다. 사랑이라면 이 이야기나 저 이야기나 다 비슷해 보여서 이제는 사랑이 시시한 소재로 받아들여지기도 한다. 사랑 이야기는 분명 액션 영화처럼 통쾌하지도 않고 판타지처럼 웅장하고 신비롭지도 않고 코믹 영화처럼 시원한 웃음을 주지도 않는다. 그런데도 나는 이 '사랑'이라는 소재가 좋다. 멜로 영화를 보면서도 나는 유독 크게 웃고 크게 울며 크게 놀라고, 깊이 빠져든다. 나는 이토록 '사랑'의 매력에 푹 빠져 산다.

액션 영화에서 사람을 살리게 하는 것과 판타지 영화에서 세상을 구하게 하는 것, 그리고 코믹 영화에서 그녀를 웃게 하는 것은 결국 사랑이다. 사랑이 사람을 살리고, 사랑이 사람을 얻게 한다. 사랑에는 사람이 가진 모든 것이 담겨있고, 사람은 사랑할 때 가장 많은 생각과 가장 많은 표현을 하며 가장 많은 감각을 느낀다. 사랑이 우리가 가진 전부라고 해도 틀린 말이 아니다. 사랑이 액션이고 판타지며, 코믹인 셈이다.

세상 모든 사랑 이야기는 바로 지금 우리가 하는 사랑이고 우리가 했던 사랑이며 앞으로 하게 될 사랑이다. 이 책 속에, 그 사랑 이야기들을 마음껏 펼쳐놓았다. 온통 사랑, 사랑, 사랑투성이라서, 참 많은 사람들이 들려준 사랑이라서, 사랑 이외에 도무지 대신할 단어라고는 찾아볼 수 없어서《사랑제곱》이다. 이 책을 펼치면서 또 한 장, 한 장 넘기면서, 나의 사랑도 당신의 사랑도 그렇게 한 걸음, 한 걸음 온전한 이야기로… 행복한 사랑의 제곱으로 이어갈 수 있기를.

새로운 사랑 이야기에 푹 빠져 설레는 밤

이힘찬

사랑에
아파하는
당신에게

이 책이 당신에게 좋은 선물이 되었으면 합니다.

사랑 때문에 아파하는 당신에게도
사랑 때문에 쓸쓸해하는 당신에게도
사랑 때문에 안으로 숨어버린 당신에게도
사랑 때문에 오늘 하루가 무거운 당신에게도
사랑 때문에 사람을 잃은 당신에게도
사랑 때문에 굳게 다문 당신의 입가에
다시 한 번 미소가 번지는

당신의 마음속 작은 여유가 될 수 있었으면 합니다.

두근
두근
두근
두근
두근

나는
언제나
사랑을 쓴다

저기 혹시, 뭐 하는 분이세요?
아, 저는 글을 씁니다.

아, 작가세요? 주로 어떤 글을…?
저는 사랑에 대해서 쓰고 있어요.

아, 사랑. 사랑이라… 어렵죠?

–

카페에 하루 종일 앉아서
글을 쓰고 그림을 그리다 보면
가끔 나누게 되는 대화.

나는 지금도 사랑을 쓰며 하루를 보내고
모두가 여전히 내게 사랑은 어렵다고 말한다.
아마도 사랑에, 답이 있다고 생각하기 때문이다.

사실 답-이라고 할 것이 없는데
정해진 규칙도 방식도 없는데
사랑은 공부를 하고 머리를 써서
통과할 대상이 아닌데도

우리는 몇 번이고 사랑의 방법을,
그리고 사랑의 방식을 논한다.
사랑을 정복할 방법을 찾고,
사랑을 다스릴 방식을 찾는다.

있는 그대로여야 사랑인데도 말이다.

내 기필코!
통과하고 만다!
열심
열심

어? 야. 저 형… 예~전부터 본 것 같은데.
무슨 학과길래 여태 졸업을 못했지?
야야, 말도 마.
저쪽 과가 좀 빡세…

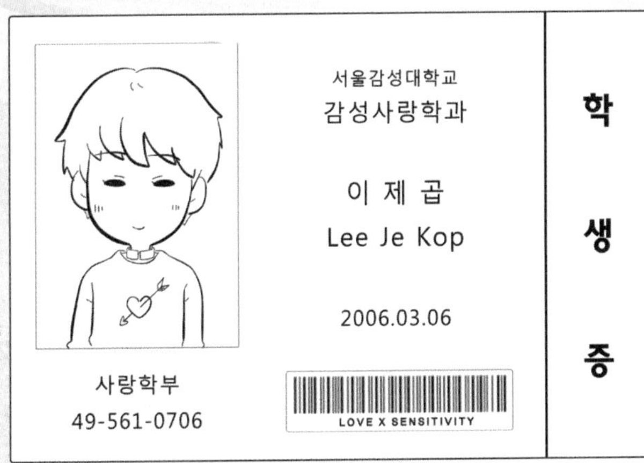
서울감성대학교
감성사랑학과
이 제 곱
Lee Je Kop
2006.03.06
사랑학부
49-561-0706
LOVE X SENSITIVITY
학
생
증

휴우… 어렵네;;
저 형이 바로…
그 졸업 못하기로 유명한…
'사랑학과'야.

"감성대학교 사랑학과"

정말요? 아. 사랑… 사랑!

사랑에 대해서 쓰고 있다는 말에
해맑게 웃으며 맞은편 의자에 앉고는
반짝이는 눈으로 날 바라보던
당당한 소녀가 있었다.

대학에 사랑이라는 과가 있다면
그것 참 졸업하기 어렵겠구나-라고
조심스럽게 글을 쓰고 있는데
대뜸 그녀가 말했다.

졸업하면 안 되는 것 아닐까요?

나는 순간 말문이 막혔다.
그리고는 멍하니 점을 찍다가
쓰던 글들을 모두 지워버렸다.

단순하게 쓰기 시작했던 이야기가
그녀의 단순한 질문에 부딪혀,
또 다른 사랑 이야기로 이어졌다.

그녀의 말대로, 졸업할 이유는 없었다.
사랑은 넘어설 대상이 아닌
평생을 머물러야 할 터다.

scene 1

사랑을, 하고 싶다

우리 모두가 알고 있는, 사랑하는 사람들의 이야기.
누구나 한 번쯤 겪어 본, 그리고 앞으로 겪게 될 사랑이란…

모든 안테나가, 그 사람을 향하게 된다.
아프진 않은지 힘든 건 아닌지, 괜찮은 건지…
사소한 하나하나까지 궁금하고 걱정되는, 그런 마음.

Like인지 Dislike인지

사람의 관찰력이란, 생각보다 뛰어나다.
그래서 누구라도, 상대방의 눈빛이나
행동을 주의 깊게 보고 있으면
그 사람의 마음 상태를 알 수 있다.

그 사람의 지금 말하지 않는 속마음이
Yes인지 No인지, Like인지 Dislike인지
충분히 알아챌 수 있다.

나는 아무리 봐도 모르겠더라-는 이들도
사실은 대부분이 이미 발견하고 알아챘지만
외면하고 모르는 척하는 것이다.

그 사람이 싫어서 그러는 것이 아니라
지금은, 거기까지 발견하고 싶지 않아서
지금은, 그 안쪽까지 신경 쓰기에는
너무 지쳐있다는 이유들로

스스로 관찰력 버튼을 꺼버리는 것이다.

아아… 괜찮을 줄 알았는데…
오늘 몸이 왜 이러지…
이래 가지고는 도저히…
후우…

눈이 피곤해 보이는 거 보니 어제 늦게까지 일했을 거고…
음…
열도 좀 있는 것 같은데, 몸살 기운인가…?
오늘 가기로 한 곳은…

일단 저~기 카페 들어가 있을래?
내가 약 좀 사올게~
어…? 카페?
오늘 네가
동물원 가자고…

오늘은 그냥 카페에서 쉬자~
동물원은 다음에 가고!
괜찮지…?

"그 신호를 읽어내기로 마음먹었다면"

그 사람의 작은 손짓이나 눈빛,
목소리 톤부터 걸음걸이,
먹는 속도 혹은 앉은 자세까지.

작은 변화 하나라도 놓치지 않으려고
다른 곳을 보면서도 그 사람을 보고
다른 소리를 들으면서도
그 사람의 목소리에 귀 기울인다.

그렇게 그 사람의 모든 신호에
온정신을 집중하고 있는 스스로를 본 적이 있다면
이미 사랑에 깊이 들어와 있음이 분명하다.

그 신호들을 알아채기 시작했다면
그 신호를 읽어내기로 마음먹었다면

이제는, 응답할 차례다.

고갈되고
사라지지 않는다

우리가 처음 겪는 사랑이란,
어머니 그리고 아버지의 사랑이다.

그 사랑 안에서 자라다 보니,
받는 사랑에 익숙하여 주는 사랑에 서툴고
더 주기보다는 더 많이 받는 것에 집중한다.

더 많이 주는 사랑은 마치
무언가를 잃어가는 것이라 느끼고
어떻게든 조금이라도 더 받으려고

손을 내민다.

–

마음은, 사용한다고 해서
그 사람에게 내어준다고 해서
고갈되고 사라지지 않는다.

오히려 내가 주는 동안

그리고 그 사람이 받는 동안
풍성하고 포근하게 쌓인 마음들 위에

함께 기댈 수 있다.

응, 그리고…
잠깐만ㅎㅎ
뒤적
뒤적
♡ x ♡ = ?

아직, 좀 더 있어~
마음
휘이익~
휘익!
휙~
마음

우와…!
헤헤~

"그 사람도 느낄 수 있도록"

조금 더 존중해주면 안 돼?
조금 더 맞춰주면 안 돼?
조금 더 이해해주면 안 돼?

나는 지금껏 그렇게 사랑을
받아 왔단 말이야. 그러니까 너도…

내가 받아 온 사랑의 모습대로
그 사람에게도 똑같이 달라며
두 손을 내밀었던 내 모습이란
지금 생각해보면 한없이 부끄럽다.

이전에 내가 큰 사랑을 받아 보았다면
다시 그런 사랑을 받기 위해 손 내밀기보다는,
내가 겪어본 큰 사랑을 그도 느낄 수 있도록

그 사람의 손을 채워주자.

늦은 시간, 한치의 망설임 없이 떠오르는 그 사람.
늦은 시간, 여태 나를 잠 못 들게 하는 그 사람.

고요한 밤,
잔잔한 그 밤에

늦은 밤, 모두가 잠든 시간.
세상도 집도 내 방도 고요해진 밤.

책상에 앉아있든 침대에 누워있든
편의점 앞 의자에 앉아 있든
옥상 위에 올라 달을 올려다보고 있든
그 시간이면 누구나 생각 속에 잠긴다.

고요하기에, 잔잔하기에…

생각 속에 들어가 숨기에 가장 좋은 시간,
하루 동안 있었던 일들이 하나하나 스쳐 가는 시간,
집중하고 싶었던 기억들을 마음껏 끄집어내는 시간.

때로는 잠을 방해하는 불필요한 생각들에 괴롭지만,
때로는 생각을 방해하는 잠이 싫어질 만큼
고요한 밤, 잔잔한 그 밤에 집중하고 싶은 감정.

아니, 집중하고 싶은 사람.

으아아아암…
PM 11:30
그만 자야지…
가자아… 꿈나라로
PM 11:48
음…
잠이…
멀뚱
멀뚱
AM 00:07
내일도 볼 수 있을까…?
아니, 오늘…
AM 00:24

"혹시… 자요?"

좋아한다 말해놓고도 괜히 말했나 싶어서
아직은 말을 꺼낼 때가 아니었나 싶어서
누워서도 몇 시간째 뒤척이며 잠이 들지 못했다.

연락이 오지 않을 핸드폰만 쥐었다 놓았다,
켰다 껐다 반복하다 보니 어느새 새벽 3시.

오늘도 나 홀로 밤을 새우는구나,
이제는 그만 자야겠다 싶어서 이불을 뒤집어쓰고
반쯤 잠이 들었을 때, 핸드폰이 울렸다.

혹시… 자요?

항상 제때 잠이 들지 못해 불만이었던 내게
새벽까지 잠들지 못하고 뒤척이던 그 시간들이
처음으로 감사했던 날.

아니요. 근데 왜 아직 안 잤어요…?

같이 있으면 편하고 좋았다.
마치, 내 발에 꼭 맞는 신발처럼.

나는 그 사람에게,
그 사람에게 나는

혹시 내게 너무 크지는 않을까,
너무 꽉- 맞는 것은 아닐까,
그런 고민 할 것 없이
말 그대로 나에게 맞춰 놓은 듯

내게 딱 맞는 사람.

나는 그 사람에게, 그 사람에게 나는
서로에게 어울리는 사람이
되어 줄 수 있어야 한다.

들려줄 이야기가 많은 사람.

이 이야기를 할까 말까,
조금도 고민하지 않고
남들에게 꺼내기 불편하거나
망설여지는 이야기까지도

조금의 의심 없이 이야기할 수 있는
그 사람에게 딱 맞는 나

아 걔가 갑자기
그러는 거야~ㅎㅎ
어쩐지ㅎㅎ
그럴줄 알았어~!!
하 하 하
하 하 하

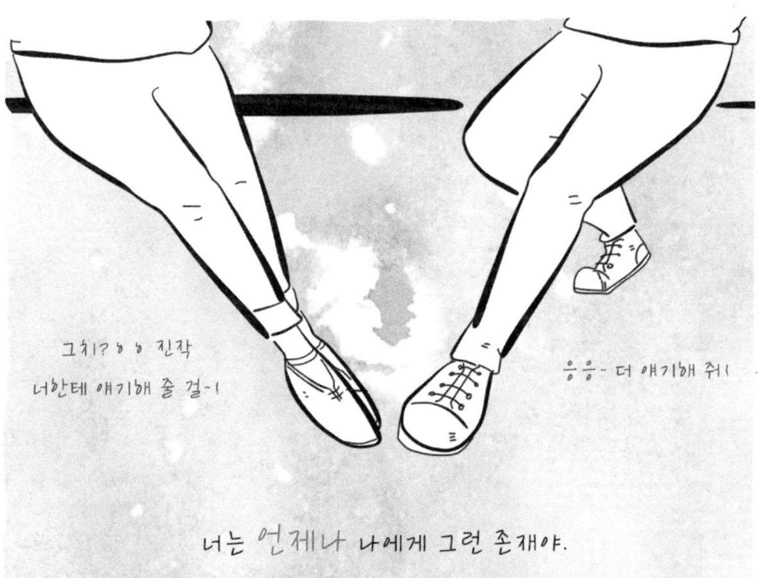
그치?ㅎㅎ 진작
너한테 얘기해 줄 걸~!
응응~ 더 얘기해 줘!
너는 언제나 나에게 그런 존재야.

"사랑을 지킬 준비"

너, 그 신발 아직도 갖고 있어?
색깔 봐, 처음 그 색이 아닌데…
얼마나 신은 거야, 아직 신을 만해…?

새롭고, 세련되고 기능 좋은
신발들이 많이 생겨도
버리지 않고 챙겨 신게 되는

색 바랜 파란색 단화.

그때는 내 발이 너무 커서 답답했지만
이제는 내 발에 맞게 폭이 늘어나
언제든 편하게 신을 수 있는 신발.

하루 종일 걸어야 하는 날이면
어김없이 신게 되는 파란색 신발.

예쁘고 화려하고 조심스러워서
비가 오면 신을 수 없는 신발들이 아닌
하얗게 눈이 내린 길 위라도
오랜 시간을 함께 걷고 싶은

너를 닮은 단화.

서로에게 익숙해진다는 것은
초심을 잃어간다는 것이 아닌
누구보다 너를 잘 아는 위치에
내가 들어와 있다는 것이다.

사랑을 지킬 준비가 되었다는 말이다.

내 모든 것을 다 주고도,
우리 사랑하길 참 잘했다고
말할 수 있는 것.

내 몸이
기억할 따스함

하나를 주다 보면 둘을 줘야 하고,
둘을 주다 보면 셋을 주게 된다며
꼭 주는 것만이 사랑이 아니라면
나는 늘 받는 쪽이 되고 싶다고.

누군가의 헌신적인 사랑은 결코
현실적이지 못한 사랑이라고…

–

감정으로 이루어진 사람과 사람의 만남은
항상 내가 보낸 만큼 돌아오지도
내게 온 만큼 돌려보내지도 못한다.

내 사랑을 전하고 전하다 보면
그 진심이 결국 그를 움직일 것이라는
긍정적인 희망도 있지만
끝내 돌아오지 않을 수도 있다는
부정적인 현실도 분명히 있다.

그런데 그게 무슨 상관일까?

사랑은 복권이 아니다.
돌려줘라, 보답하라-고 중얼거리며
몇 번씩 긁어보는 대상이 아니다.

사랑은 오히려 기부에 가깝다.

무엇을 바라고 쏟아주기보다는
그 순간에 느끼는 마음의 온도로 인해
마음이 몸을 움직이게 한다.

주는 것이 두려워 내 마음을
그저 안에 가둬두고만 있다면

내일도 모레도 십 년 후에도
뒤돌아 추억할 수 있는
내 몸이 기억할 수 있는
따스한 순간이란 없을 것이다.

어유…
방이 아주;;
깨끗해져라~
타악-
탁-
탁!
탁-

휘익…
툭~!
앗…?!
이거…

이게 언제적이야? 풋풋하네…ㅎㅎ

"지난 어느 날의 추억"

방 안에 먼지가 가득해서
금방이라도 감기에 걸릴 것 같아서
창문을 활짝 열고, 책장부터 옷장까지
구석구석 먼지를 털며 청소를 했다.

책장 구석구석에 숨어있는
버릴 것들을 끄집어내다가
한쪽 끝에 걸쳐있던 낡은 상자를
바닥에 떨어뜨렸다.

툭- 하얗게 먼지가 피어올랐다.
무엇이 담겨 있을까 싶어서
상자를 열어보았더니…

너무 멀지도 않고 가깝지도 않은
지난 어느 날의 추억이 먼지 속에 묻혀 있었다.

바보처럼 웃고 있는
사진 속의 나를 보며,
먼지 속의 나도 웃었다.

이토록 행복해하는 모습이

담겨 있는 사진들이라니,
상자 겉에 묻은 먼지를 털어내며

바보처럼, 그리고 후회 없이
사랑하길 참 잘했다며

제법 어른스럽게 웃었다.

047 호감일지 사랑일지 몰라 망설였었다.
세월이 흐른 뒤에서야 그 감정을 알았다.
사랑, 다시 내게 다가와 주었으면…

내게는 그렇지 않기 때문에

Like와 Love의 차이에 대해서
언젠가 책에서 읽었던 문구.

Like는 ~때문에 좋아하는 것이고
Love는 ~일지라도 좋아하는 것이다.

내가 그에게 푹 빠져버린 매력.
그 매력을 갖고 있을 동안에만
머무는 감정이라면, Like

그가 어떤 상황에 처하거나
부족한 모습을 보일지라도
변함없는 감정이라면, Love

Love를 품고 있는 사람들은
그의 부족한 모습을 싫어하기보다는
내게만 보여주기를 바란다.

다른 이들의 시선에서는 흉이 되어버릴 것들도
다른 이들의 기준에서는 부족하다 판단할 것들도

내게는 그렇지 않기 때문에.

나에게만큼은 당신의 모든 것이
허용되기 때문에.

좋아하다…?

1. 어떤 일이나 사물 따위에 대하여 좋은 느낌을 가지다.

2. 다른 사람을 아끼어 친밀하게 여기거나 서로 마음에 들다.

사랑하다…?

1. 어떤 사람이나 존재를 몹시 아끼고 귀중히 여기다.

2. 어떤 사물이나 대상을 아끼고 소중히 여기거나 즐기다.

아아...
사랑...
사랑...

"사랑의 자격"

호감과 사랑의 차이를 처음 알았던 중학교 시절,
나는 Like를 ♡로 Love를 ♥로 표현했다.
테두리뿐인 ♡는 작은 상처에도 금이 가고
쉽게 깨어지지만, 안이 가득 찬 ♥는
상처가 생겨도 다시 아물어버린다고.

깨어지고 조각난 부분도 쉽게 채워질 만큼
가득 차 있는 것이 사랑이라고.

지금의 나는 어느 쪽일까, 어느 모양에 가까울까.
내 사랑이 ♥가 맞다면 포기하지 말자.
상처가 나고 부서졌더라도 놓아버리지 말자.
내가 채워놓은 진심들이
그 자리를 메꿔주기 마련이다.

혹시라도 내 사랑이
Love일지 Like일지 고민된다면,
그것은 시간이 흘러 분명히 ♥이 된다.
내 감정에 깊이를 고민할 만큼 신중하다면

그건 충분히 사랑일 자격이 있다.

변하지 않는 것은 없다지만…
그래도 이것만큼은 시간이 흘러도
결코 변하지 않았으면.

단 한 가지,
사랑 앞에서

세상에 변하지 않는 것이 어디 있어요?
우리 현실적으로 생각해 보자고요.
사랑은 변해요. 감정은 다 변해요.
사랑, 그게 뭐 그렇게 대단한 건가요?
그냥 좋으면 만나고
싫으면 안 만나면 그만이지…

다섯 손가락 중 넷은
일주일 중에 6일은
열 개중에 아홉은
열두 번 중에 열한 번은
현실적으로 살더라도
단 한 가지, 사랑 앞에서
단 한 번 현실적이지 못한 사람이 되자.

사랑이 보여주는 일들이라는 게
항상 놀랍고 현실적이지 않은데
그런 사랑 앞에서 내가 감히

현실적일 필요가 있을까.

시간이 지나면 변하는 것들이 참 많지만…

변하지 않는, 변할 수 없는 것들도 있다.

"끝이 없는 사랑"

카페에 앉아 종일 글을 쓰다 보면
끼니를 거를 때가 많아서,
옆의 편의점을 자주 이용하곤 했다.

늦은 밤에 들르는 날이면 사장님은
김밥이며 간식이 가득 담긴
하얀 봉지를 쥐어 주시곤 했다.

표기가 오늘로 되어있어 판매는 못하지만
냉장 보관으로 며칠은 더 문제없다고.

여러 상품들 위에 표기된 문구를 보다 보니,
유통기한 대신 제조년월만 적혀 있는 상품들도 있었다.

우리의 만남 위에 표기된 날짜도 그렇게
제조년월로 충분했으면 좋겠다.

우리가 시작한 날로 충분한,
끝나는 날이 없을 그런 사랑.

사랑이라면, 사랑이었다면
그것은 변하지 않는다.

단지 누군가, 내려놓았을 뿐.

057 그와 함께했던 순간 행복했다면,
그게 사랑이 아닐까 싶어요.

당연하게 여기느라 몰랐던 것

만나면 주로 뭐 해요…?

자주 만나면 자주 만나는 대로
자주 못 만나면 못 만나는 대로
무엇을 하며 시간을 보내야 하는지,

그 사람에게 무엇을 하자고
어디를 가자고 해야 할지
어떻게 하면 특별한 하루를 보낼 수 있는지,

어쩌면 참 의미 없는 질문일지도 모른다.

만나서 무얼 하든지 중요치 않다.
무얼 하든, 만나는 것이 중요하다.

그동안 당연하게 여기느라 작게만 보이던
'오늘도 함께' 있을 수 있다는 사실을
가장 특별한 날을 이미 누리고 있다는 것을

알아차리는 일만 남았다.

서로 말없이 할 일을 하다가…
음…
이번건 좀 어렵네…

아무런 이유 없이…
멍…

웃음이 흘러나오는 마법…
흐뭇…

뭐야~? 왜 나 보고 웃어~?
아니야~ㅎㅎ 그냥!
사랑

"난, 이렇게 있을 때가 제일 좋아"

시간은 있는데 돈은 없고,
하루 종일 일을 한 탓에 다리는 아프고,
그래서 우리는 카페로 들어갔다.
커피 두 잔으로 함께 쉼을 취할 수 있는 공간.

나는 변명처럼 늘어놨다.

영화를 보면 재밌기는 한데,
영화 보느라 서로를 별로 못 보잖아.

노래방에 가면 즐겁기는 한데,
노래 부르느라 대화를 별로 못 하잖아.

야경 보러 가는 것도 좋은데,
음, 왔다 갔다 하는 시간이…

그래서 지금 우리에게는 카페가 최고의 장소라고
열심히 설명하는 동안 그녀는 어느새
내 어깨에 기대어 쉬고 있었다.

피곤하냐는 나의 질문에 그녀는
평소보다 밝게 웃으며 답했다.

아니, 난 이렇게 있을 때가 제일 좋아.

분명 조금 전에 헤어졌는데
다시 또, 네가 보고 싶어….

몇 분 후면 그리워할 사람들

공항에 가면 언제라도 수많은 사람들이
이별과 마주하는 모습을 볼 수 있다.

일주일이든 한 달이든 일 년이든
아니면 그 이상이든 상관없이
사랑하는 이를 보내는 눈빛과 손짓에는

많은 이야기가 담겨있다.

나 없는 동안, 잘 지내라는 말
가 있는 동안, 몸 챙기라는 말
하루하루, 많이 보고 싶을 거라는 말
하루하루가, 길게 느껴질 것 같다는 말

가는 사람과 남는 사람을 갈라놓을
공항 게이트가 닫히기 직전
쉽게 등을 돌리지 못하는, 떠나는 이도
쉽게 눈을 떼지 못하는, 보내는 이도
걱정스러운 얼굴로 쓴웃음을 지으며

안녕, 그리고…

그리워하고 있을 몇 분 후를 생각하며
그렇게 무언의 메시지를 보낸다.

오늘 많이 걸었으니 발 마사지 하고 자~

읽음 오후 08:42

응~ 알았어! 조심히 들어가…^^

오후 08:43

띠링…!

잘 가고있어..? 그새 보고싶다…ㅎㅎ;;

오후 08:46

띠링!!

"보고 싶어서…"

안 가면 안 돼? 꼭 가야 해…?

언젠가 내가 네게 했던 말.
그리고 언젠가 내가 들었던 말.

떨어져 있는 시간은 상관없었다.
어디를 가는지, 왜 가는지보다도
잠시 후면 손을 잡을 수 없다는 것이 중요했다.

오래도록 돌아오지 않을 것도 아니었고
연락할 수 없는 것도 아니었지만
공항 게이트가 닫히자마자

보고 싶어 눈물이 났다.

사랑은 소리 없이, 가랑비에 젖듯
그렇게 서서히, 스며들곤 한다.
어느 순간, 아! 이게 사랑이구나.
때로는… 아, 사랑이었구나…

물들어 있었다

뚝, 뚜욱… 이슬비가 내렸다.
툭, 투욱… 몇 방울씩 내리기에
신경 쓰지 않고 걸었다.

집에 돌아와서 보니
제법 많은 곳이 젖어 있었다.
잠깐 널어놓으면 괜찮을 거라며
의자 위에 걸쳐 놓았는데

아침에 일어나보니
비에 젖은 부분이 붉게

물들어 있었다.

–

그냥 잠깐의 감정이라고
어쩌면, 호기심이라고
아니면, 우연이라고

뚝

뚝

그렇게 생각하고는
뒤돌아서 걷고 있었는데
뒤에서 부르는 당신의 목소리에
나는 깜짝 놀라 그 생각을 놓쳤다.

뚝

두근두근, 아니 쿵쾅쿵쾅.
당신의 부름에 뒤로 돌아서는
그 잠깐 동안에 나는 이미

뚝

당신의 생각으로 온몸이 물들어 있었다.

이 정도면 뭐…
쏴아아
쏴아아
톡…
토옥
쏴아아
쏴아아!!
톡…
쏴아아!

톡
톡
톡
뚝…
톡

어라…?

언제 이렇게…

"새하얗던 안쪽마저 퍼렇게"

하나뿐인 겨울 외투를 세탁소에 맡겼다.
겉은 파랗고, 안쪽의 털은 새하얀
마음에 쏙 드는 외투였다.

며칠이 지나고 외투를 찾아서 보니
옷이 문제인지 세탁이 잘못된 건지
새하얗던 안쪽마저 퍼렇게 물들어 있었다.

그런데 불만을 품지는 않았다.
파란색을 좋아하기 때문에
안쪽마저 파란빛이 도는 것이
제법 마음에 들었나 보다.

\-

나를 변하게 하는 당신에게
아무런 불만도, 불평도 하지 않았다.

당신의 하루를 닮아가는 나의 하루가
사실 무엇보다 마음에 들었고

행복했으니까.

모든 것을 다, 해주고 싶었다.
모든 것을 다, 주어도 아깝지 않았다.
사랑, 했으니까…

사랑,
사람… 사랑

감정에 너그러운 사람들이 있다.
주는 마음을 계산하지 않고
받는 마음에 욕심부리지 않는

주는 사랑의 설렘을
느끼며 사는 사람들.

마음껏 사랑하지 못해서
마음껏 표현하지 못해서
후회하는 날이 오지 않도록.

내가 더 해줄까 아까워하기보다는
내가 덜 해줄까 걱정할 줄 아는

사람보다 사랑을 앞에 두는
사랑, 사람… 사랑

으…;;
아…!
불안
불안

자~ 이만큼 더 줄게
밑에다가 더 보태~
듬뿍~!

어…?
너는…;;
괜찮아~!
아슬
아슬

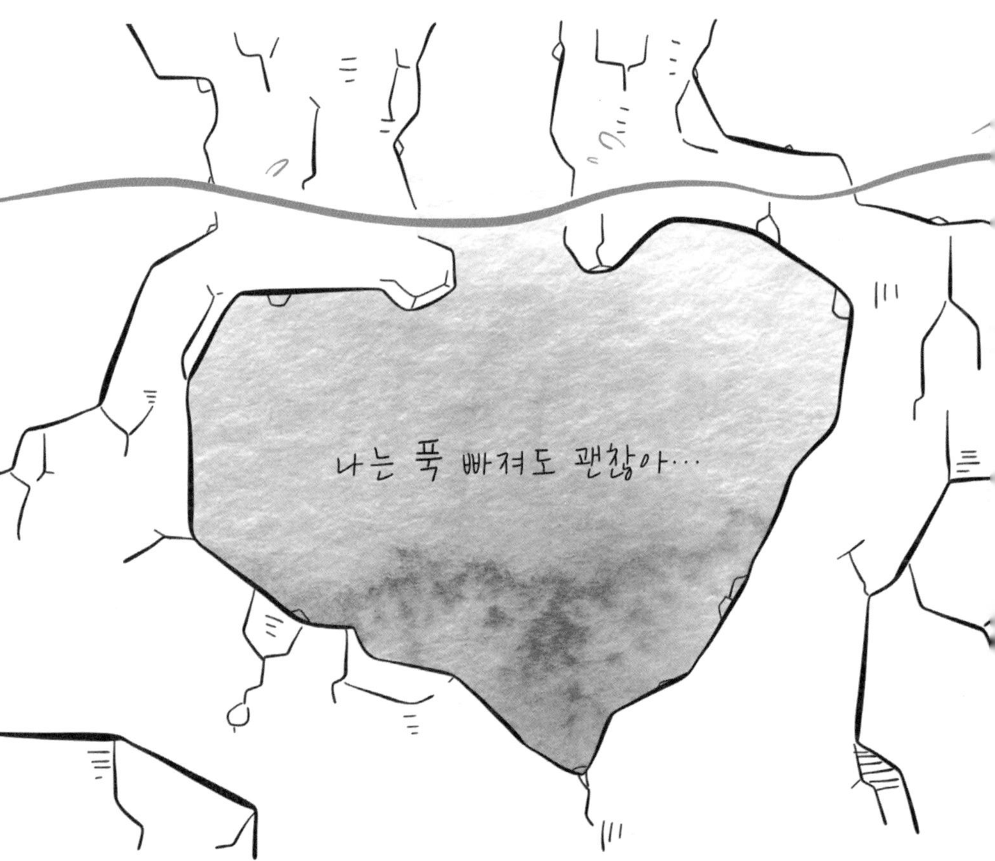
나는 푹 빠져도 괜찮아…

"그녀의 사랑에서 내가 놓친 두 가지"

내 친구의 사랑은 늘 변함이 없었다.
매일 매일 아낌없이 사랑을 표현했고
상대방이 그 사랑을 느끼도록 해주었다.

그토록 사랑받는 그가 부러워질 만큼
그녀의 사랑은 크고 진실했다.

나는 그녀에게 무리하지 말라고 했다.
그러다 네가 지치는 날이 온다고
적당히 할 수 있는 만큼만 하라고.

그를 향한 그녀의 커다란 사랑에 대한 질투,
혹은 친구로서의 걱정이었을 나의 조언이
한참 시간이 흐르고 나서야
완전히 빗나갔다는 것을 깨달았다.

그녀의 사랑에서 나는 두 가지를 놓쳤다.

한 가지는, 그와 그녀의 사랑이
시간이 흘러도 변함이 없었다는 것.
오히려 그녀의 사랑이 그에게도 번져
더 애틋한 연인이 되어 있었다.

그리고 또 다른 한 가지는
적당히 할 수 있는 만큼만 하라던,
무리하지 말라던 나의 어리석은 말.

놀랍게도 그녀는 단 한 번도
무리한 적이 없었다.

그녀는 할 수 있는 만큼 하고 있었다.
주는 사랑의 의미를 누구보다 잘 알고 있었다.

–

주는 사랑에는 출구가 없다.
그래서 그렇게 들어온 사랑이 쌓여 가득 차면
그 사랑의 온도에 온도가 더해져서
더 따뜻한 사랑으로 다시 나에게

쏟아져 내린다.

설레었다가 금세 토라졌다가,
함께 웃다가 울기도 하는…
하루에도 수십 번씩 내 마음을
변덕쟁이로 만드는, 사랑.

세모-였던 너,
네모-였던 나

만날 생각에 웃고
기대와 달라 속상해 하고
귀여운 농담에 미소 짓고
마음이 안 맞아 소리치고
추억을 남겨 두근거리다가
서운한 마음에 울고.

다시는 보지 않을 것처럼 멀어졌다가
잠이 오지 않아 전화를 건다.

목소리 듣고 싶어서…

며칠간의 이야기가 아닌
어느 연인의 하루다.
우리는 그 짧은 시간 동안에도
한 편의 드라마를 그린다.

아마도, 사랑의 과정이다.
서로 다른 세모와 네모가 만나
하나의 형상이 되어가는 나날들.

세모-인 너와 네모-인 내가.
세모-였던 너와 네모-였던 나로.

됐어!!
필요 없다고!!
다신 연락도 하지 마!!!
버럭..!

으… 어쩌지…;;
다신 연락도
하지 마!!!!
%$&#$
쩌렁~
쩌렁~

흥!!!
다시는 내가…
진짜…

뭐야… 왜 진짜로
연락을 안 해…
바보.
뭐해…?
보고..싶
전송
틱
틱
틱

"너를 추억하지 않고서는"

나는 변덕이 심한 편이었다.
좋아한다, 싫어한다-의 변덕이 아닌

잊는다, 그리고 추억한다…

오늘은 너를 잊는다 생각하고는
그날 밤이면 추억하고 있어서
조금 더 큰 목소리로 다시 한 번
잊는다! 소리 내어 선언을 한다.

그렇게 네가 없는 하루를 보내고 있으면

내 시선이 멈추는 곳이며
내 발걸음이 망설이는 곳이며
내가 그리는 그림이며
그날 써내려가는 글들이 온통

너로 가득 차 있다.

너를 잊지 않고서는 내 하루가 너무 힘들어서
이제는 잊겠다고 큰소리 쳐놓고는
너를 추억하지 않고서는 도저히
아무런 글을 쓸 수가 없다며

하루에도 열 번씩 너를 찾는다.

내 웃는 모습이 좋다며 노력하는
너를 볼 수 있다는 것이.
그런 네가 정말 좋다고 마음껏
말할 수 있다는 것이, 사랑의 이유다.

아니,
정말 좋아

텔레비전이나 만화책을 보다가
두 남자가 들려주는 라디오를 듣다가
혹은 평소에는 보지 못했던 무뚝뚝한
아버지, 어머니의 귀여운 심술 다툼을 보다가

한바탕 웃음이 크게 쏟아질 때가 있다.

웃어야지, 머리가 시켜서 웃는 것이 아닌
나도 모르는 사이 새어 나오는 웃음.

웃음에도 종류가 있다면
그것을 진짜- 웃음이라 하겠다.

좋아. 너무 좋아.
아니, 정말 좋아.

고민해서 나온 말이 아니라
자연스럽게 입에서 흘러나온 말이
나를 향한 사랑 고백이라면

누구라도 그것을,
진짜- 행복이라 하겠다.

음…
오호라…
이게 재밌네.

재석이가 그때
광수한테…
그래가지고
갑자기 꾹이가…
열심
열심
열심

푸하하하하하~
아이고 배야~!
헤헤, 재밌어?
웃겨 웃겨…?

응응~ 웃겨! 아니… 좋아! 너~무 좋아!
히히
헤헤

"당신의 웃음소리를 듣는 일"

항상 소심하고 말이 없었던 내가
조금 더 적극적으로 다가가고
재미있는 일들을 만들어보려고
애쓰기 시작한 것은

사람들의 웃는 모습을 보는 순간이면
나 역시도 행복해진다는 것을 알았을 때부터였다.

어디서든 재미있는 장면을 보거나 들으면
머릿속에 때로는 노트에 기록해 놓았다가
기회가 될 때마다 하나씩 꺼내놓곤 했다.

웃음소리가 듣기 좋았다.

무엇보다 아무런 꾸밈이 없는
삼키는 것 하나 없이 그대로 쏟아 붓는
당신의 웃음소리가 듣기 좋았다.

사랑 덕분에 나는 지금도
당신의 웃음소리를 듣는 일에
내 하루의 일부를 맡긴다.

사소한 것들까지 예뻐 보이고,
세상 그 어떤 것도 너와
연관 지어 생각하게 되더라…

어느 날 갑자기 너에게서

누군가를 생각하면 떠오르는
그 사람을 닮은 색깔이 있다.

자주 입는 옷이나, 신발
머리 색, 혹은 성격에서
그 색깔들을 발견하고

기억 속에 기록한다.

그렇게 그 흔적들은 머릿속에
어쩌면 마음속에 남아 있어
길을 걷다가도 문득

그 사람의 형상을 떠올리게 한다.

길가에 놓인 우체통만 보면
그녀의 빨간 코트가 떠오르는 것처럼.
파란색 차가 지나가면 네가 떠오른다며

어느 날 갑자기 너에게서 온 문자처럼.

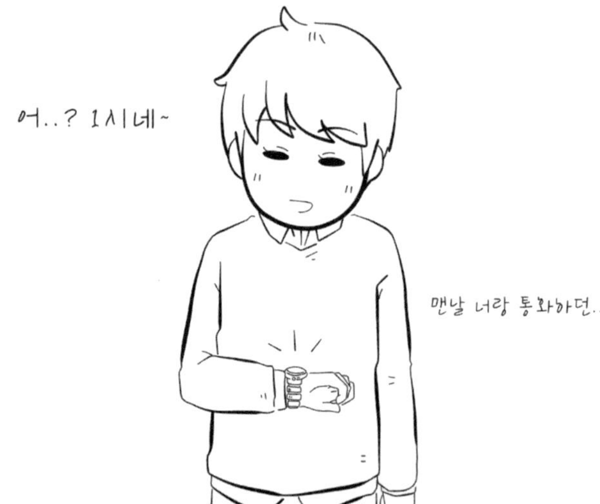

아? 그러고 보니…
그때도 우체통 앞이었는데
너랑 처음 마주친…

아~ 이거…
맨날 이것만 먹던데~
네가 배고플 때마다
찾던 라면…
매콤-한
좋다면
매콤-한
좋다면

네가 좋아하던
분홍 풍선…
내가 잡아주던
잠자리…
네가 기다리던
노오란 은행잎…
나를 닮았다고 했던…
푸른 하늘

"어젯밤 하늘이 딱, 그런 하늘이었어요"

어젯밤에는 깨지 않고 푹 잤어요.
오늘은 늦지 않게 일찍 일어났고,
늘 맛이 없던 아침밥이 맛있었고요.
핸드폰만 보던 점심시간에는…

당신이 사준 시집을 읽고 있더라고요.

그거 알아요? 오늘 갑자기 비가 쏟아졌는데
그래서 다들 우산이 없어 울상이었는데
나는 다행히 우산을 챙겨서 나왔어요.

당신이 그때 그랬잖아요.
저런 하늘이면 내일은 비가 오겠구나-라고.

어젯밤 하늘이 딱, 그런 하늘이었어요.

사랑은 언제나
나에게 최고의 비타민이 되어주었다.

여전히,
당신만이 나의

분명 누구에게나 사랑이
최고의 비타민이었던 순간이 있다.

많은 시간이 흐르고
너무 많은 일들과 마주하고
적지 않은 상처들이 남았기에.

지금은 그 감정에 내렸던 정의를
바꾸어 버렸을지도 모르지만.

여전히, 사랑한다고,
여전히, 당신뿐이라고,
여전히, 당신만이 나의 비타민이라고.

때로는 별것 아니라고 여겼던 한마디가
우리가 잃어버린 많은 것들을
서로가 놓쳐야만 했던 것들을

제자리로 돌려놓곤 한다.

어휴…
어제 너무 무리했나…
온몸이 그냥…
비실
비실

앗?!
내사랑 바보
010-xxxx-xxxx
우웅~
우우웅~

여보세요?!
응응~ 그럼~!
오늘 컨디션 최고지!!!

"사랑 없이 사는 하루"

이제 막 대학에 들어간 녀석이
한참 밤새도록 놀러 다닐 녀석이
매일 기운 빠진 얼굴을 하고 있었다.

아무래도 난 체력이 너무 약한가 봐.
밥도 잘 챙겨 먹고 잠도 푹 자는데
늘 이렇게 기운이 없어…

그래서 매일같이 집에서 컴퓨터를 하며
얌전히 하루를 채운다는 그에게
내가 해줄 수 있는 최고의 충고를 해주었다.

사랑을 하라고.

나는 말이야, 그 사람이 보자고 하면
새벽에도 샤워를 하고 달려나갔다고.

신입사원이었던 때에도 말이야,
아버지가 쓰러지셨다며 팀장님 앞에서
눈물 연기까지 하고는…
그녀와 영화를 보러 간 적도 있었다고.

굳이 왜 그렇게까지 했느냐고 묻기에
나도 스스로에게 물어보았다.

그 사람 아니면, 그 사랑 아니면
도저히 못 살겠다는 생각 때문이었다.

하루하루가 힘들어서가 아니라,
그저 사랑 없이 사는 하루는

내게 특별한 의미가 없었다.

많은 표현은 없을지라도,
김치 하나에서도 느껴지는 것.
사랑, 어머니의 그… 사랑.

잊고,
살아간다

나를 낳아주시고 길러주시는
밥을 차려주시고 용돈을 쥐어주시는
세상에서 가장 어여쁘다 말해주시며
내게 좋은 일이 있을 때면 이곳저곳
소리 내어 자랑하며 기뻐해 주시는
내가 아프지 않기를, 내가 성공하기를,
내가 행복한 삶을 살아가기를,
매일같이 눈물 흘리며 기도해 주시는

어머니 앞에 붙어야 할 말들은
이토록 끝이 없음에도
어렸을 때는 어리다는 이유로
나이가 들어가면서는 바쁘다는 이유로
그 모든 말들을 빼놓고 살아간다.

자신의 삶의 일부가 아니라,
삶의 절반이 넘는 시간을
나를 위해서 내어주는 그 사랑을

너무도 많이… 잊고, 살아간다.

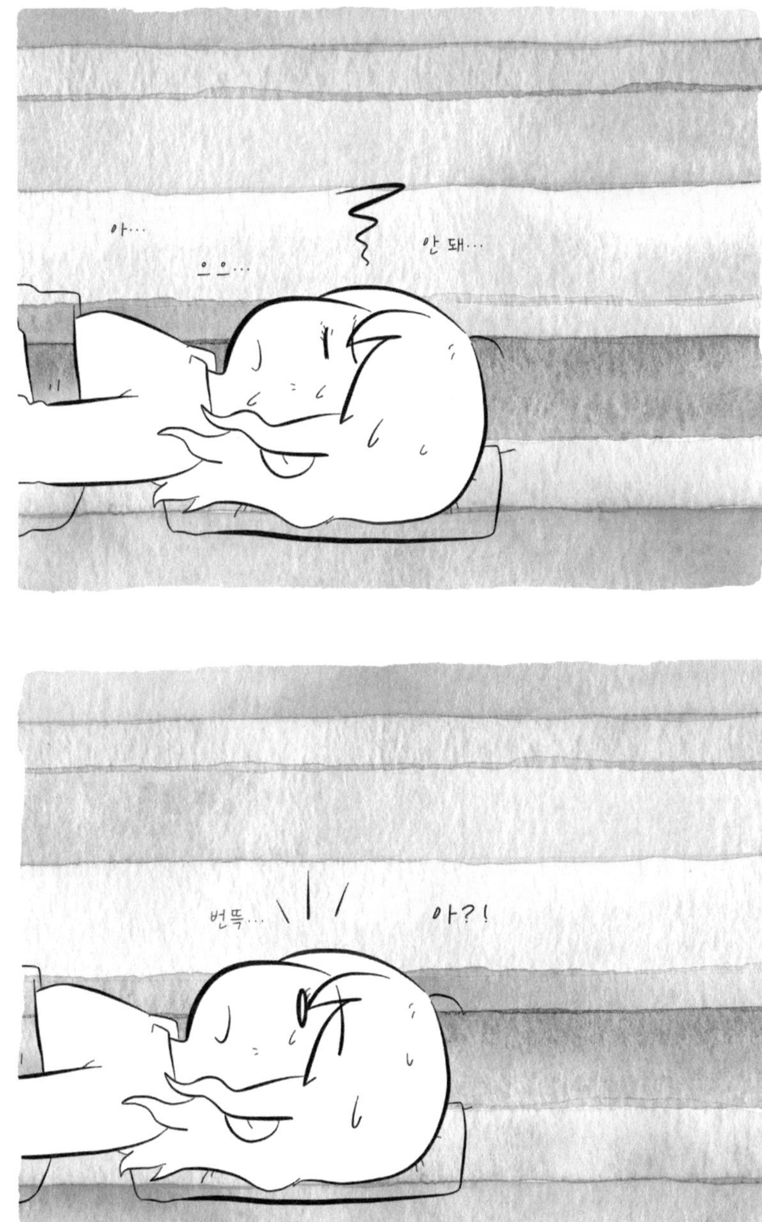
아…
으으…
안 돼…
번뜩…
아?!

으이그…
안 좋은 꿈이라도 꿨어…?
괜찮아 괜찮아~
더 자…

"너무 오랜 시간이 걸렸다"

처음 자취를 시작했던 시절,
하루하루가 낯설고 혼란스러웠다.

급하게 대충 해결하는 아침밥,
회사에서 먹을 도시락.
가끔 먹는 저녁밥,
몰아서 하는 빨래.
제대로 말리지 않아
냄새가 나는 옷들.
빛이 들어오면 눈에 보이는
방 안 가득한 먼지들.
신경 쓰지 않아 밀려버린
전기세, 수도세, 그리고 가스비.
고무장갑을 쓰기 귀찮아서
매일 밤 맨손으로 하던 설거지.
취사 버튼을 누르지 않아
생쌀과 마주한 저녁까지.

그렇게 하나하나 나열하다가
울컥 터져버린 눈물···

아무렇지 않은 표정으로,

때로는 노래까지 흥얼거리며
내게 주시는 어머니의 사랑이
얼마나 크고 깊은 것인지.

누구도 흉내 낼 수 없는
최고의 사랑이라는 것을 깨닫기까지

너무 오랜 시간이 걸렸다.

어디선가 슬쩍 피어났다.
새싹처럼,
작고 어여쁜 사랑이.

작고 어여쁘고 사랑스러운

씨앗을 심은 적이 없었다.
물을 준 기억도 없었다.
자리를 내어 준 적도
허락을 한 적도 없었는데
어느새 그렇게 마음대로

쑤욱, 자라나 버렸다.

작고 어여쁜 그것을
무심코 지나치기에는
제법 사랑스러운 그것을
도저히 그대로 둘 수 없어
물을 주고 다가가 품어 주었더니
그 사랑스러운 것이

내 사랑이 되었다.

어…?
아…?

낯이 익은데…
어디서 봤더라…;;
슥…

아?!
그때 그…!!
스르륵…

그때 그 카페에서…
쑤욱!
두근
두근 두근 두근
두근

"숨겨놓은 뒷면의 마음"

그런데 그 사람 말이야. 진짜 웃기지 않아?
저번에는 양말을 짝짝이로 신고 오더니,
오늘은 봤어? 셔츠 단추가 어긋났더라고.
정말 칠칠맞다. 칠칠맞아~

야~ 너 언제부터 그런 거야?

응? 뭘 언제부터 그래?

언제부터 그 사람한테 푹 빠졌냐고.
양말이고 단추고, 나는 전혀 몰랐는데?
너 그만큼 관심 갖고 있었다는 거다?

내가…?

응. 너 그렇게 즐겁게 이야기하는 거
나 오랜만에 보는데?

자신도 모르던 자신의 마음에
그녀는 잠시 할 말을 잃었다.

얼핏 느끼고는 있었지만
장난으로 덮어 놓을까 싶었던
숨겨놓은 뒷면의 마음 탓에
볼이 벌겋게 물들었다.

아니라고 얼버무리는 사이
마음이, 붉게 물들었다.

사랑은, 아무래도 기적입니다.
그와 내가 만드는 기적…
행복합니다. 함께하는 매 순간이.

기적에 대한 작지만 확실한 이유

해본 적 없는 것을 도전하게 되고
할 수 없던 것을 할 수 있게 되고
하기 싫었던 것을 하고 싶게 만들고
평소라면 도저히 손끝도 닿지 않던 높이에
내가 올라설 수 있게 해주는 무엇인가가 있다면

그게 바로 기적일 것이다.

사람을 그토록 움직일 수 있는 것이란,
넘을 수 없어 좌절하던 벽 앞에서도
이 악물고 몇 번이라도 더 부딪혀
불가능-이라고 판단했던 것을
손에 쥐게 해주는 것이란
아마도 사랑뿐이다.

그러니 사랑이 기적일 수밖에.

으아아아앙!!!

이제 안 아플거야… 짠!
쪽~!
헤헤~

"기적-이라기에는 너무 소박한 이야기"

기적-이라고 하면 대부분 불 속으로 들어가 아이를 안고 나오는 것 같은 엄청난 이야기들이 떠오르겠지만, 소박한 이야기 속에도 기적은 있다. 그 날은 비가 무섭게 쏟아지는 날이었다. 그리고 내가 그녀에게 조금 더 다가가고자 마음먹은 날이었다. 우산을 접으며 들어오는 그녀의 얼굴이 울상이었다.

학원 버스 앞에서 넘어졌어…

바보야, 조심해야지-라고 소리칠 만큼 가까운 사이는 아니었지만, 내 몸에 상처가 난 것처럼 아플 만큼 마음이 끌리는 사람이었다.

잠깐만 기다려 봐.

나는 아무 설명 없이 기다리라 말해놓고서, 건물 밖으로 뛰어나왔다. 우산을 놓고 나왔다는 것도 잊은 채, 빗길에 미끄러져 한 번 넘어지고 나서야 약국에 도착했다. 연고와 밴드를 손에 쥐고 다시 그녀에게로 돌아왔을 때 그녀는 계단 앞에 서서 휴지로 피와 빗물을 닦고 있었다. 대뜸 약을 건네주자 그녀는 놀랐는지 잠시 말이 없다가, 이내 웃어 보였다. 그리고는 비에 젖은 내

어깨를 붙잡으며 말했다.

나 3층까지만 업어줘.

당황스러웠다. 하지만, 당황스러운 것보다는 그녀에게 그런 부탁을 받은 사실이 중요했다. 너 치마인데 괜찮겠냐며 말을 더듬는 나를 보며 그녀는 큰 소리로 웃고는 농담이라고, 얼른 올라가자고 했다. 자리에 앉고 나서도 한동안 업어달라던 그녀의 표정에 푹— 빠져 있었다. 그리고 30분이 지나서야, 내 왼쪽 손바닥이 찢어졌다는 것을 알았다. 상처를 보고 난 후에도, 아프지 않았다. 작은 상처에도 엄살이 심하던 나였지만, 그녀에게 한 걸음 더 다가섰다는 생각만으로 머릿속이 가득 차 있어 아파할 틈이 없었다. 찬물로 손을 씻으려니, 손 전체가 따끔거렸다. 그런데도 나는 바보처럼 웃고 있었다.

기적이라고 하기에는 너무 소박한 이야기일까? 불길을 뚫고 들어가서, 미처 빠져나오지 못한 막내 아이를 안고 달려 나온 아버지의 이야기. 아이를 향해 무너지는 기둥을 자신의 몸으로 막았던 어느 어머니의 이야기. 그건 사랑이 아니고서는 할 수 없는 행동이고, 기적이 아니고서야 있을 수 없는 일들이다. 하지만, 꼭 그런 대단한 일이 있어야 기적이라는 말을 쓸 수 있는 것은 아니다. 사랑하는 사람들 모두가 매일 작은 기적들 속에 살아간다. 말도 안 될 만큼 놀라운 일들만 기적이 아니라, 평소라면 느끼지 못했을 혹은 겪지 못했을

기분 좋은 변화들이야말로 기적이 아닐까.

첫 하이라이트*

* 스포츠나 연극, 영화에서 가장 두드러지거나
흥미 있는 장면. 강조 혹은 주요 부분

드라마 속 여주인공의
가슴을 애태우는 한마디에
우리는 눈물을 흘리고

영화 속 남주인공의
모든 것을 내려놓는 한마디에
우리는 미소 짓는다.

누군가의 가슴 속 깊이
여운을 심어놓는 한마디는
스크린을 벗어난 곳까지도
그 울림이 번진다.

우리도 그 영화 속 주인공이 되어
더 특별한 말을 해주려고 애쓸 필요는 없다.
그저, 두서없이 늘어놓은

편지 한 장이 좋다.

작은 종이 위에 담길 내 감정이
그에게만큼은 명대사고 명언이고

둘 사이의 첫 하이라이트다.

사라락~
음, 편지… 편지…
내 마음이 전달될 수 있는…

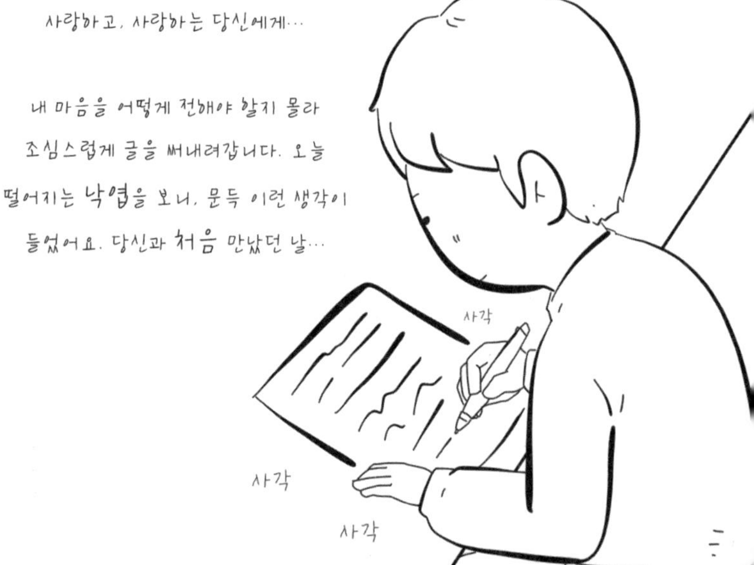
사랑하고, 사랑하는 당신에게…
내 마음을 어떻게 전해야 할지 몰라
조심스럽게 글을 써내려갑니다. 오늘
떨어지는 낙엽을 보니, 문득 이런 생각이
들었어요. 당신과 처음 만났던 날…
사각
사각
사각

"사랑은 분명, 나를…"

어릴 적부터 시를 자주 읽었다.
목소리가 큰 편이어서 국어 시간이면
시 낭송은 항상 나의 몫이었다.

그렇게 서서히 시를 읽는 것을 즐기게 되었고
때로는 시집 속에 담긴 시들을 그대로 옮겨다가
몇 글자만 바꿔놓고서 내가 쓴 시라며
아버지께 거짓 자작시를 보여드리곤 했었다.

시를 읽는 것만으로 만족하던 내가
처음으로 직접 온전히 써내려갔던 시는
매일같이 눈에 아른거리던

그녀를 향한 편지였다.

마음을 솔직히 담은 시를 써보라기에
사계절 내내 당신 생각뿐이라고,
시-라기 보다는 생각을 늘어놓았더니

그것이 시가 되었다.

그 날부터 지금까지도 나는 글을 쓰고 있다.

그녀가 나를 시인으로 만든 것은 아니지만

사랑은 분명, 나를 글쟁이로 만들었다.

완벽함으로부터 시작하는 것은 없다.
힘들더라도 하나하나 조심스럽게
쌓아왔기 때문에 소중한 것이다.

하나씩 쌓아가던 그 모습이 떠올라

조그만 조립 로봇이 담긴 상자를
자주 사오곤 했던 어린 시절.
그 상자 속에는 겉표지에 그려진
완성된 로봇 대신에
그 로봇의 형태를 만들 수 있는

수십 개의 작은 부품들이 들어 있었다.

멀쩡하게 서 있는 로봇도 있었고
애써 조립하지 않아도 되는
완성된 로봇들도 많이 있었지만

이쪽저쪽 하나씩 맞춰보다가
도저히 모르겠으면 설명서를 읽어보고
그래도 안 되면 아버지와 함께 만들어보는

그 과정들이 즐거웠다.

때로는 스스로의 힘으로
때로는 누군가에게 도움을 청하며

그렇게 완성된 로봇을 보고 있으면
하나씩 쌓아올리는 그 과정들이 떠올라

내 마음이 특별해졌다.

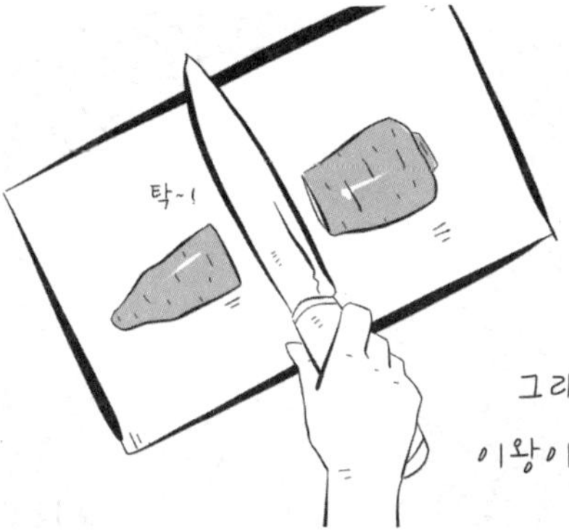

탁~!

그래,

이왕이면..

맛살

오이

하나 하나,
내가 직접…

햄

단무지

더 특별하게, 더 의미있게…

"그렇게 하나둘 셋…"

맞은편 의자에서 너를 처음 보았을 때, 하나
인사를 나누며 목소리를 처음 들었을 때, 둘
일을 핑계로 문자를 처음 주고받았을 때, 셋
무엇인가에 집중한 모습을 가까이서 보았을 때, 넷
짐이 많아 보여서 우산을 같이 썼을 때, 다섯
단둘이서는 아니었지만 마주 앉아 식사를 했을 때, 여섯
단둘이서는 아니었지만 맑은 날 함께 걸었을 때, 일곱

그리고 여덟, 아홉, 열…

백 번이 넘는 떨림과 설렘과 끌림이
쌓이고 쌓였을 때, 사랑한다고 말했다.

그렇게 조금씩 쌓아온 내 사랑을
너는 두 손으로 받아주었다.

처음으로, 나만을 향해 웃으며.

아플 걸 알면서도 한 발, 한 발 내디뎠어요.
그리고 한 발, 한 발 내딛는 동안 행복했어요.

한 단계
더 깊어지기 위해서

아픔을 반기기란 쉽지 않다.
종이에 베여 손끝에 느껴지는 쓰라림,
목을 붙잡게 하는 편두통이나
넘어져 핏방울이 맺힌 무릎의 상처.

상처들로부터 밀려오는 통증은
우리로 하여금 순간적으로
온갖 짜증과 화를 불러일으킨다.

하지만 그럼에도 우리는 아픔에
감사하라고 배운다.

그 아픔을 느끼지 못한다면
몸속에 일어나는 어떤 일도
우리는 알아차릴 수 없기에

제때에 필요한 반응을 하지 못한다.

사랑에도 늘 아픔이 온다.
그 아픔이란 결코 적색 신호가 아니다.

서로의 마음이 더 깊어지기 위해서

지금, 적합한 변화가 필요하다는 것을
내게 전해주는 알림 신호다.

어쩌면, 사랑이라는 거…
헐…? 이게 뭐야;;;

꽤나 아프겠지만…
우와…
쉽지 않네…;;

한 발 한 발, 내딛는 동안…
그렇다고 내가…
포기할쏘냐!!

행복할 수 있으니까…
어…?
거의 다 왔네…!!

"내가 닿을 곳을 알고 나면…"

쾅쾅, 몇 번이고 바닥을 내리찍었다.
밑창이 얇은 단화라서 발바닥이 지끈거렸다.
답답하고 속상하고 화가 나는데
소리를 지를 수는 없어서
애꿎은 바닥을 발로 찼다.

그런데 가슴이 더 아팠다.

마음이 아프면 끝날 줄 알았는데
정처 없이 걷다 보니 두 발이 아프고
입맛이 없으니 끼니를 거르고
몸이 허해지니 결국 몸살이다.

그렇게 한바탕 아프고 나면
그동안 보지 못했던 것이 보인다.
당신에 대한 간절함과 존재의 소중함,
나 자신에 대한 부족함과 섣부른 판단들.

그래서 다시 당신을 향해 걷게 된다.
몇 번을 아파도 멈추지 않고
그 사랑에 닿을 때까지 걷고 또 걷는다.

내가 닿을 곳을 알고 나면
아픔 또한 정겹다.

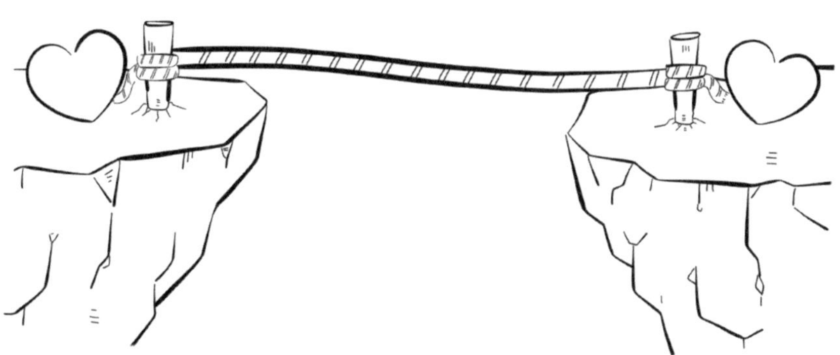

혼자가 아닌 둘이서

보고 싶었던 멜로 영화를 심야로 보기,
김밥과 유부초밥을 싸서 유원지로 나가기,
카메라 하나 들고 산에 오르기,
방에 새롭게 벽지 바르기,
다리가 저릴 때까지 무작정 걷기,
바람을 쐬러 풍경 좋은 공원에 가기,
드라마 속, 사랑이 이루어진 다리 위에

우리의 흔적, 아니 추억 남기기.

혼자가 아닌 둘이서,
함께 해보고 싶은 것들.
혼자서도 특별하지만
함께일 때 더 소중한 것들.

그래서 당신과 둘이서
같이 쌓고 싶은 추억들.

응~? 뭐야?
뭐하고 있어…??
좌아아악~

외벽 색깔 좀 바꿔보려구.
페인트 튈지 모르니까
넌 그냥 거기 있어~

이렇게 하면 되지?ㅎㅎ

"같이 있으면 안 돼…?"

한 번은 그런 적이 있다.

오늘까지 끝내야 하는 일이 있어서
미안, 오늘은 같이 있기 어렵겠다.
오늘은 먼저 들어가라고.

또 한 번은 그런 적도 있다.

너 생각보다 많이 아파 보여.
아침부터 두통 있었다고 했잖아.
오늘은 일찍 들어가 쉬어.

그래서 한 번은 그녀가 말하길

내가 옆에서 도울 수 있다고.
그럼 일도 빨리 끝내고
같이 있을 수도 있다고.

또 한 번은 그녀가 말하길

집에 가서 쉬면 떨어져야 하잖아.
그냥 나 조금 아프더라도,

같이 있으면 안 돼…?

너 어제 밤새 잠도 못 잤으니까
오늘은 그냥 들어가겠냐고 묻는 내게
아니, 잠깐 졸더라도 옆에 있을래-라며

나를 한없이 부끄럽게 만드는
사랑이라는 감정.

해피 엔딩

밤 11시에 볼펜을 돌려주러 왔다고요?

네. 여기 올 핑계거리로
딱이라고 생각하는데… 안 그래요?

가끔은 그렇죠.

해피 엔딩은 모든 상처와 당황 속에서도
'당신이 포기하지 않았다는 것'을
아는 것일지도 모른다.

– 영화 〈그는 당신에게 반하지 않았다〉 중에서

scene 2

사랑을, 지키고 싶다

내가 누리는 이 사랑을, 지켜내고 싶은 사람들의 이야기.
하나둘씩, 내가 물러서고 다가서야 하는 사랑이란…

때로는,
한 발짝 뒤에서
말없이 기다릴 수 있는 것…

고개를 돌리면
볼 수 있는 곳에서

아픈 당신을 위해 한밤중이라도
정신없이 달려가는 일.

우는 당신을 위해 하던 일도 멈추고
공원으로 찾아가는 일.

웃는 당신을 위해 몸살은 잊고서
당신을 업고 언덕을 오르는 일.

사랑하는 사람을 위해서
내가 할 수 있는 일 중에서도
어렵지만 기억해야 하는

또 다른 한 가지.

보이지 않는 먼 곳에서가 아닌
고개를 돌리면 볼 수 있는 곳에서
딱, 그만큼의 거리에서

당신을 기다려 주는 일.

잠깐만…
지금은 혼자 있고 싶어.
멈칫…!

후우…
흠…
혼자만의 고민

때때로 서로에게 필요한...

한 걸음 뒤에서의 기다림.

"그녀를 향해 다가가는 열 걸음 중에"

우리는 때때로, 자신도 모르는 사이에
참 무서운 실수를 저지른다.

물에 들어가야 숨을 쉬는 이를
뭍에 붙잡아 놓는 실수.

숨이 차서 밖으로 나가려는 이를
이왕이면 내 곁에서 쉬라며
물속으로 끌어당기는 실수.

나는 너처럼 마음이 금방 회복이 안 돼!
잠시 혼자서 조용히 있어야 한단 말이야.
너랑은 다르다고…

그녀의 외침을 듣고서야 깨달았다.
그녀를 향해 다가가는 열 걸음 중에
뒤로 물러나야 하는 한 걸음도 있다는 것.

충전되지 않은 채 그대로
방전되어 버린 핸드폰처럼,
그렇게…

그대로 두면
안 되는 것들

때로는, 무슨 일이 일어났을 때
잠시 잊고 지내도 괜찮은 것이 있고

때로는, 무슨 일이 일어났을 때 절대로
그대로 두어서는 안 되는 것이 있다.
내 마음 그리고 그 사람의 마음이 그렇다.

됐어… 라며 돌아서는 뒷모습도
아니야, 괜찮아… 라며 내쉬는 한숨도
그래, 알았어… 라며 맺히는 눈물도
모르겠다… 라며 끊어버린 통화도

그대로 두어서는 안 된다.

그래… 라며 두고 지나가지 말고
그 앞에 멈추어 다시
제자리로 돌려놓아야 한다.

그때는 누구나 느끼지 못하겠지만
그때뿐이다, 기회는.

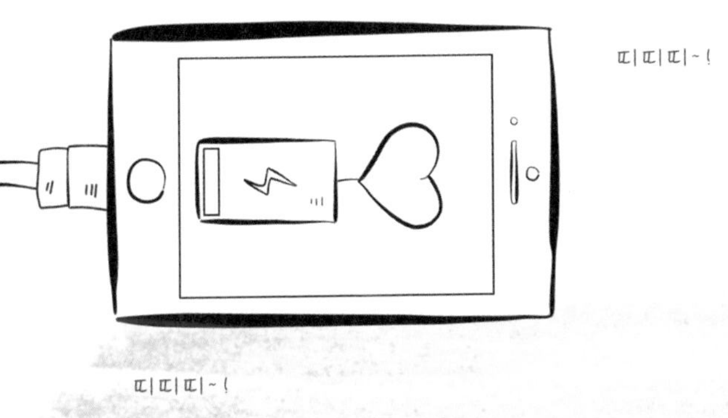

누군가는 영화 같은 사랑을 하는데,

내 사랑은 왜 늘 방전일까…?

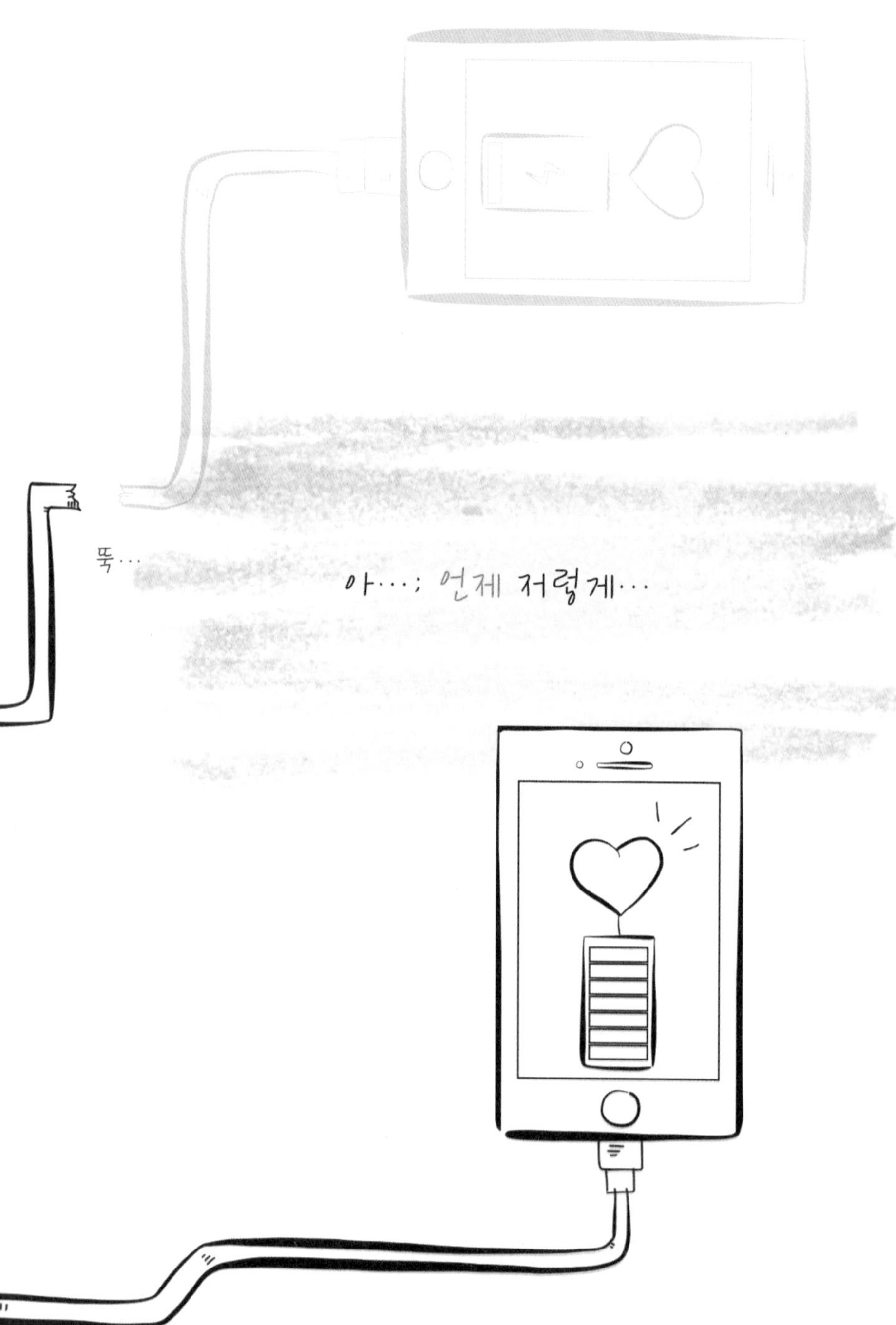
뚝...
아...; 언제 저렇게...

"생각하지도, 생각해보지도"

늦잠을 자는 바람에 급하게 준비를 하고
밖으로 나와서야 핸드폰을 확인했다.

근데 이게 뭐지…?

어젯밤에 분명 핸드폰을
충전기에 꽂아놓고 잤는데,
배터리가 하나도 없었다.

한참을 짜증을 부리다가 생각을 해보니,
전날 밤 급하게 화장실에 가다가
선이 발에 걸려서 뽑혀버렸다.

그걸, 그대로 두었구나…

나는 늘 그런 바보였다.
내 발에 걸려서 그런 것을,
내가 끊어 놓은 것을 생각하지 못한 채
아니, 생각해 보려고도 하지 않은 채
애꿎은 핸드폰을 탓했다.
애꿎은, 네 마음을 탓했다.

사랑은 그 사람에 대한 이해다.
그리고 이해란, 내가 그의 입장이 되어
생각해 볼 수 있다는 것이다.

그 사람의 하루 속에

너에게 잘해주려고 내가 얼마나 노력했는데…

그렇게 말해놓고서 뒤를 돌아보면
대부분 자기 시선대로의 행동들뿐이다.

내가 좋다고 여기는 것을 해주는 것은
그 사람을 위한 노력이라고,
나름의 이해라고 말하기 어렵다.

그 사람이 지금 왜 웃지 못하는지,
그 사람은 무엇을 할 때 밝게 웃었는지,
그 사람을 행복하게 하는 순간이 언제인지 알기 위해

그 사람의 하루 속으로
그 사람의 시간 속으로
들어가 보는 것이 노력이고 이해다.

내 마음이 아닌, 당신의 마음으로.

매콤
구수~
아, 군침돈다…
오늘 식사는 분식으로…!
떡볶
순대
꼬르륵…

아차…?!
슉~
슉~
슉~

아침 : 빵
점심 : 라면
응? 왜…?

지글~
보글~
따땃~
우리 오늘은 든든~하게
한식 어때~?

"그 사람의 자리를 지키는 것"

내가 그동안 얼마나 노력했는데!

소리치고는 후회할 틈도 없이
다시 나에게 되돌아오는 말.

너만 노력했어? 나는…
나는 노력 안 했는 줄 알아?!

나도 노력했고, 당신도 노력했는데
그런데도 우리 또 이러고 있는 걸 보면
우리에겐 답이 없나 보다-라는
그런 억지스러운 결말은 이제 그만.

노력하지 않은 것도 아니고,
노력하는 척만 한 것도 아니다.
서로가 노력한 것은 분명하다.

단지, 자신을 위한 노력이었을 뿐이다.

당신을 위해서-였어야 했는데
내가 괜찮기 위해서-였다.

내 자리 말고, 그 사람의 자리를 지켜주자.

사랑은 저 하늘과 닮았어요.
정말 화창하고 맑은 날이 있으면,
흐리거나 천둥, 번개가 치는 날도 있어요.
그리고 비가 오는 날에는…

나는,
비가 내렸으면 좋겠어요

어제는 구름이 가득해서 제법 흐렸어요.
오늘 아침에는, 비가 내리기 시작하더니
저녁에는 번개도 조금 쳤어요.

아마 내일은, 맑은 날이겠죠?

그런데, 나는 내일 비가 왔으면 좋겠어요.
내일은 우리 만나는 날이잖아요.
당신은 맑은 날을 기대하겠지만

그래도 나는, 비가 내렸으면 좋겠어요.

만약 내일 비가 쏟아지면
우리 내일은 지금보다 조금 더

가까이에 서 있지 않을까요?

흐린 날이 있으면…

맑은 날도 있고…

함께…
우산을 쓰는 날도 있다.

"오늘은 우산이 없어"

서로가 바쁘게 살아가는 날들 속
오랜만에 찾아온 휴일.
소년은 많은 계획을 준비했다.

아침 일찍 영화를 보고
하늘공원에 올라서 사진을 찍고
준비한 도시락을 먹고 쉬다가
남산에 올라 흔적을 남기고
카페에 앉아 사진을 보며
만족스럽게 하루를 마무리하기로.

그런데 아침부터 비가 쏟아졌다.
계획에 없었던, 일기예보에도 없었던
두터운 비가 쏟아져 내렸다.

이게 뭐야, 망했구나…

그에게 떠오르는 생각이란
단지 그 한 줄 뿐이었는데,
그녀는 항상 그보다 앞서 있었다.

집 앞으로 데리러 오라는 그녀의 말에

우산을 들고 힘겹게 언덕을 오르고 나니
그녀가 우산 속으로 달려 들어왔다.

그리고는 웃으며 말하기를

나는 오늘 우산이 없어.
하루 종일 붙어 있을 거야, 괜찮지?

안 괜찮을 것이 뭐가 있을까?
사납기만 하던 비가, 예뻐 보였다.

퍼즐 조각처럼 하나하나
신중하게 맞춰가야 한다.
조금이라도 어긋나면,
조각은 맞지 않으니까…

내 손이
닿을 곳

선생님이 아이들을 줄 세우고 있었다.
번호대로 열 명씩 줄을 맞춰 세워놓고
그 자리를 꼭 기억하라고 했다.

1번과 10번 아이는 항상 처음과 끝이기에
언제든지 양쪽 끝에 자리 잡으면 되었지만,
그 사이의 번호들은 늘 우왕좌왕이었다.

그러자 선생님이 다시 이야기했다.
대충 이쯤이라고 자리를 기억하지 말고
네 앞과 뒤의 사람을 기억하라고.

나와 맞닿는 번호들…

내가 2번이라면 1번과 3번을,
내가 3번이라면 2번과 4번을 찾아
그 사이에 함께 서 있으면 되는 것이다.

사랑도 그렇다.

내가 있을 자리를 기억하기보다는
내 손이 닿을 곳을 기억해야 한다.
그 사람의 옆에서 함께하기 위해

나는 어떤 사람이 되어야 할지.

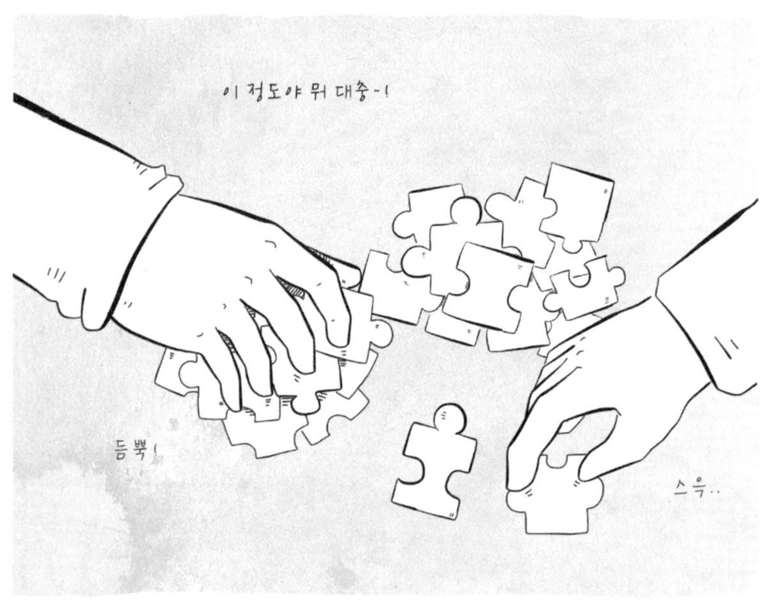
이 정도야 뭐 대충~!
듬뿍!
스윽..

어라…? 왜 내 퍼즐만 이렇게 어려워…;;
텅텅…
나
너
나
너
나
너
우리

나, 너-로만 맞추려니까 그렇지…

"그녀에게 어떻게 닿을지…"

구석에서부터 하나씩 맞춰가는 모습이,
고작 퍼즐 조각 하나를 들고서
오래도록 생각하는 모습이
내 눈에는 꽤 답답해 보였나 보다.

도와주고 싶어서-라기 보다
이래서 언제 다 맞추겠나 싶어서
답답한 마음에 조각들을 한 움큼 집어 들었다.

대충 이쯤에 놓으면 맞을 것 같았던
비슷한 조각들은 좀처럼 맞지 않았고
그녀가 신중하게 그림을 완성해가는 동안

난 하나의 퍼즐도 끼워 넣지 못했다.

바보야, 그냥 막 놓지 말고!
완성된 그림을 떠올려 보면서 해야지.

이 그림이 어느 부분에 들어갈지,
이 조각 옆에는 또 위에는 어떤 형태의
그림과 조각이 맞닿아야 하는지.

나는… 그녀와 나 사이에서도 항상
그래 왔다는 생각에, 조금 부끄러웠다.

내 손에 들린 조각만 볼 줄 알았지
맞닿을 조각과 완성될 그림의 모습을
미리 머릿속에 그려보지 못했다.

그녀를 두고 돌아서는 일,
그녀의 손을 뿌리치는 일,
그녀를 향해 소리치는 일,
그녀의 눈빛을 피하는 일.

그 행동 하나하나가 그녀에게
어떻게 닿을지를 생각해야 한다.

생각 없이 던진 한마디가
어디에 맞닿을지… 더 신중해야 한다.

기쁨이 있으면 슬픔이 있고,
괴로움이 있으면 즐거움이 있고…
마치, 감정의 종합선물세트 같아요.

또 다른 당연했어야 할 것들

그 사람이 가진 것들 중에서,
그 사람이 내게 보여주는 많은 것들 중에서
내 마음에 드는 부분은 당연한 것-들 속에 넣고
내 마음에 들지 않는 부분들은 그대로

싫은 것에 넣어 버린다.

그래서 다투고, 그래서 돌아서고,
그래서 다시는 만나지 못하고
그래서 이제는 마음에 들지 않는 부분을

갖지 않은 사람을 찾아다닌다.

하지만 그런 사람을 찾고 나면,
이전에 마음에 들어 하던 부분들도
어느새 마음에 들지 않는 것이 되어있고
또 다른 당연했어야 할 것들을 집어낸다.

누가 그러겠느냐 싶겠지만
우리가 대부분 그런 모습이다.

룰루~ 드디어 왔구나

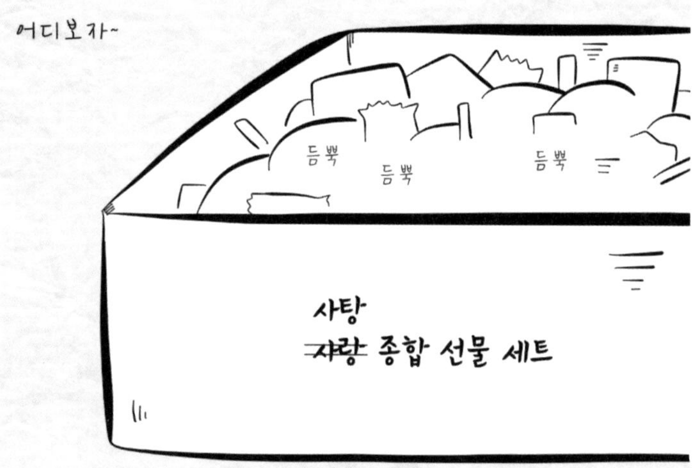
어디보자~
듬뿍
듬뿍
듬뿍
사탕
~~자랑~~ 종합 선물 세트

짜증맛
음…;;
이런 건 별론데…

원하는 것만 받을 수는… 없겠지?

"이제는 제법 좋아하는 계피 맛 사탕"

딸기 맛은 밍밍하고, 사과 맛은 시고
박하 맛은 맵고, 땅콩 맛은 텁텁해.

그녀는 그렇게 말했지만, 그는…

딸기 맛은 달달해서 좋고
사과 맛은 상큼해서 좋고
박하 맛은 시원해서 좋고
땅콩 맛은 고소해서 좋아.

좋아하는 것들 속에서도 얼마든지
싫은 것들을 만들어낼 수 있고,
싫어하는 것들 속에서도 충분히
좋아할 이유를 찾아낼 수 있다.

사람은 누구나 마음만 먹으면
모든 낯선 것들에 적응할 수 있다.

스스로의 의지만으로도 충분히

싫은 것을 좋은 것으로 바꿀 수 있고
서로가 가진 것에 적응할 수 있다는 말이다.

내가 탄산음료를 좋아했기에
너도 곁에서 한 모금씩 마시곤 했다.

얼마 지나지 않아 탄산음료는
네게도 익숙한 음료가 되었고

이제는 너도 몇 번씩 탄산음료를 찾는다.

그렇게 지금의 나와 당신은,
서로의 것을 참 많이도 가졌다.

너무 꽉 잡으면 터져버리고,
놓으면 훨훨 날아가 버리고….

마음은 어떻고 생각은 어떠한지

그녀는 숨이 막힌다고 했다.
그의 끊임없는 관심과 애정은
달콤하기보다는 무거웠다.

그런데 그는 숨이 차다고 했다.
그녀의 여유로운 이해와 배려는
어른스럽기보다는 쓸쓸했다.

꽉 끌어안아도 터지지 않는 풍선이 있고
살짝만 건드려도 터져버리는 풍선도 있다.

놓으면 곁으로 내려앉는 풍선도 있고,
놓으면 훨훨 날아가는 풍선도 있다.

당신은 어떤 풍선을 품고 있었는지
단 한 번이라도 물어보았다면

내 마음은 어떻고 내 생각은 어떠한지
서로에게 한 번쯤 들려주었다면

다시는 안을 수 없게 터져버리지도
다시는 잡을 수 없게 날아가지도

않았을 텐데…

두둥실…

한눈 팔지도 말고, 꽉 쥐려고 하지도 말고…

그저 서로의 곁에,
편히 머물 수 있도록…

"울타리와 별사탕"

그는 늘 옆에 두고 보아야 안심이 되는
둘만의 울타리 같은 사랑을 원했고
그녀는 삶 속에서 한 번씩 애틋해지는
생활 속의 별사탕 같은 사랑을 하고 싶었다.

그는 바쁘다는 이유로 보지 못하는 그녀에게
애정이 부족하다고, 자신을 피한다고 말했고
그녀는 매일같이 보고 싶다는 그에게
관심이 부담스럽다고, 간섭이 심하다고 말했다.

누군가는 사랑을 하지 못해서 답답해하고
누군가는 사랑을 받지 못해서 아파하는데
분명 사랑하고 사랑받고 있음에도

바보처럼 멀어져만 가는 이들도 있다.

새 제품의 설명서를 읽지도 않고
어렵다며 집어 던지는 행동과도 같다.

- 반드시 상온에 보관하시오
- 물에 젖지 않도록 주의하시오
- 충전 후에 사용하시오

작은 물건 하나에도 설명이 서너 장인데,
그 사람에 대한 것이라면 어떨까.

설명서는 내게 지시하는 명령문이 아니라
주의할 점을 미리 알려주는 지침서다.
그리고 그 사람에 대한 설명서는 항상

서로 간의 대화 속에 있다.

고장난 신호등처럼, 제멋대로다.
멈춰야 함을 알면서도, 멈추지 못하고.
가야 하지만 그대로 멈춰버린다.
머리로는 이해하지만, 가슴이 허락지 않는…

머리가 말한다
마음이 답한다

감정의 신호 체계는 때때로 엉망이다.
멈춰야 할 때 멈추지 못하고
달려야 할 때 내딛지 못한다.
멈춰서 돌아설 이는, 그대로 떠나 버리고.
달려가 손잡아줄 이는 그 자리에 주저앉는다.

신호가 조금 더 명확했다면,
헷갈리지 않도록 확실하게 지시했다면
나도, 그들도 그렇게 실수하는 일은
없었을 것이라- 몇 번쯤 생각했지만…

사실, 신호에는 문제가 없었다.
어떤 상황에서도 감정의 신호는
늦은 적이 없었고 정확하고 확실했다.
단지 우리가 그 신호를 몇 번이고

무시했을 뿐이다.

머리가 말한다. 멈추라고, 돌아가라고.
마음이 답한다. 됐다고, 모르겠다고.

머리가 말한다. 쫓아가라고, 잡으라고.
마음이 답한다. 싫다고, 못하겠다고.

우리는 신호등 앞에서만이 아니라
감정에 문제에서도 그토록
무질서했던 것이 아닐까.

"초록불-입니다."

"빨간불-입니다."
잡지 마…!!!
아주 멀리 가 버릴테니!!
아니, 저기…

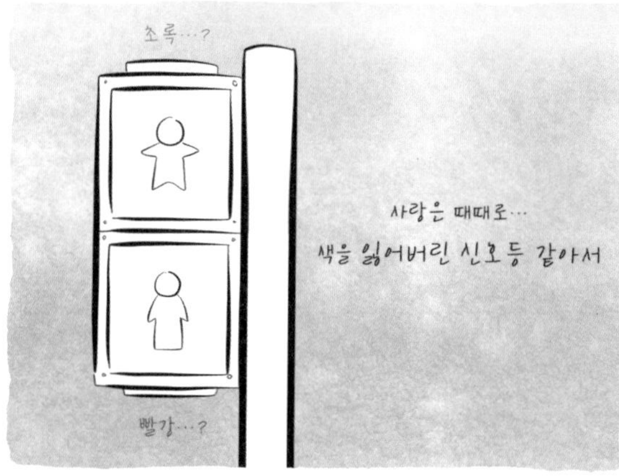
초록…?
사랑은 때때로…
색을 잃어버린 신호등 같아서
빨강…?

다가가야 할 때, 가지 못하고
멈춰서야 할 때… 멈추지 못한다.
조용…
어…?

"색을 잃은 신호등"

언젠가 사진을 찍으러 오이도에 갔을 때
횡단보도 앞에 멍하니 서 있는 소녀를 본 적이 있다.
10분이 지나도록 그 소녀는 횡단보도 앞에 가만히 서 있었다.

사진을 찍고 나서 보니, 횡단보도는 명확히 그려져 있었지만
낡은 신호등에는 색이 없었다. 파란불도 빨간불도 없는

색을 잃은 신호등.

고장이 난 것을 몰라 그렇게 서 있나 싶었지만,
소녀는 애초부터 신호등을 보고 있지 않았다.
그저 자신의 두 발을 물끄러미 내려다보고 있었다.

지금은 아직 건널 때가 아닌 것 같다고
조금 더 기다려야 할 것 같다고
아마도 신호의 색이 아닌

마음의 색을 보고 있었나 보다.

돌아서 생각해보니, 그동안 나는
귀에 들리는 소리에만 대답하고
눈에 보이는 신호에만 움직이고 있었다.

결국, 나는 한동안 소녀처럼 그렇게
그 자리에 멍하니 서 있었다.

당신에게 하려던 말이 무엇이고
당신에게 전하려던 마음이 무엇이었는지.

내 마음의 색이 보일 때까지.

난, 너 아니면 안 돼.
넌, 나 아니면 안 돼.

소소하지만 행복한 이야기

사랑하는 연인들의 모습 속에서
흔히 볼 수 있는, 소소하지만
생각해보면 꽤 행복한 이야기가 있다.

남자들이 굳이 한 번 꺼내는 말,
광고판에 붙은 모델의 사진을 보며
저 사람 참 예쁘지 않냐-는 말.

여자들이 굳이 한 번 받아치는 말,
예뻐? 그럼 저런 사람 만나!
못생겨서 미안하다-는 말.

그러면 바보같이 웃는 그 남자,
그 질투 한 번 받아보겠다고
오로지 당신뿐이면서
그렇게 툭툭, 장난을 친다.

무슨 소리야, 네가 제일 예쁘지.

그러면 어느새 수줍게 웃는 그 여자,

그 한마디 들어보겠다고
당신의 마음 다 알면서도
그렇게 툴툴, 투정을 부린다.

서로를 향한 감정을 알고,
서로의 진심을 아는 이들만이
함께 웃을 수 있는

소소하지만 행복한 이야기.

?
멍~
응…? 뭐 봐?
예쁘긴 예쁘네…
하… 참나.

왜?! 아주 예뻐 죽겠냐?!
그럼 저렇게 생긴 애 만나!
바보…

뭐야~ 난 너 아니면 싫어~!
히히…
그렇지?
꼬옥…

"너의 자리에는 항상…"

사람이 사람을, 대신할 수 있을까?

500원짜리 동전 두 개는
천 원짜리 한 장이 대신할 수 있고
양식으로 먹으려던 한 끼는
한식으로 대신할 수 있다.

하지만 나를 볼 때마다 달려와 안기며
보고 싶었다고 속삭이던 너의 자리는
그 누구로도, 그 무엇으로도

대신할 수 없다.

그러니까 앞으로도 너의 자리에는
항상 네-가 있었으면 해.

짱그랑, 유리처럼 깨어질까 봐서…
늘 조심스럽게, 내 품에.

시작해 보지
않고서는 모른다

대부분의 사람들은 그것을
보관함 속 깊은 곳에 넣어 다닌다.

혹시라도 그 사람과 부딪혀
떨어뜨리진 않을까, 쉽게 깨지진 않을까
두려워서 깊이 숨겨놓고 보이기를 꺼린다.

그것이 쉽게 깨어지는 유리일지
눈물에 젖어 눅눅해지는 종이일지
안이 꽉 찬 굵은 나무일지는 알 수 없다.

하지만

깨어질지 찢어질지 부서질지
아니면 온전히 자리 잡을지는
제대로 사랑을 시작한 이후의 이야기다.

사랑을 시작해 보지도 않고서는 내 마음이
어떤 모습인지조차도 알 수 없다.

연약한 그 마음을 깊은 곳에 묻어둔 채
강철처럼 단단해지는 날을 기다리고 있겠지만
그 연약한 것들이 강해지기 시작할 때는
결국 저 바깥에서 기다리고 있는

그 사람의 마음과 마주했을 때부터다.

어쩌면 말이야…
조심…
조심…
바들…
바들…

생각보다 쉽게, 깨져버릴지도 몰라.

그래도 더 이상은
미리 겁 먹지 않을래…
이제는…

그 사람의 품에 맡겨도 좋지 않을까?

"나는 그 사람의, 그 사람은 나의"

내 마음을 돌보느라 정신이 없었다.
내 마음은 네 마음보다 더 약하니까,
더 많은 상처가 남아 있으니까.

조심스럽게 대해줄래…?

그렇게 말하면서 정작 나는
그 사람의 마음이 얼마나 많은 눈물에
젖어가고 있는지를 바라보지 않았다.

무엇이든지 자신의 것은
자신의 품에 두는 것이 맞겠지만
사랑할 때만큼은 먼저
그에게 주어야 하는 것이 있다.

나는 그 사람의 것을 지켜주고,
그 사람은 나의 것을 지켜줄 때
가장 아름답고 가장 가치 있는…

서로의 마음 상자.

아프고, 아프고 아픈 것.
그래도, 그래도 행복한 것.

아흔아홉 번의 아픔

사랑은 항상 아팠다.

몇 번이고 아프고 또 아프고
힘들어서 울고 후회하고
저리 가라 소리치고 그만하자 돌아서고
그리고 얼마 지나지 않아 다시
목이 아프도록 소리쳐본다.

보고 싶다, 보고 싶다, 보고 싶다…

몇 번을 아파도, 그 사람의 마음과
내 마음이 닿는 그 순간의 설렘은

그 어느 색깔로도
그 어느 꽃으로도
그 어느 향으로도

어떤 말로도 어떤 몸짓으로도
표현하지 못할 만큼 아름다운 떨림이다.

그래서 두 걸음, 세 걸음 아프더라도
다시 한 걸음 행복해지는 것이

아흔아홉 번의 아픔보다
단 한 번의 행복이 더 소중해서
달려가 안기고야 마는 것이

사랑이다.

됐어!!
이제 이런 거 정말
지긋 지긋…
싫어. 이제…!!

와락…!
미안해…
어…?

내가 정말… 미안해.
바보야…

"그 사람과 나의 마음을 가까이"

저리 가라고 소리치기에, 그렇게 한 걸음,
다시는 보고 싶지 않아… 그렇게 또, 한 걸음,
미워, 미워 죽겠다고! 그렇게 한 걸음 더.

뒤로 물러나는 대신, 한 걸음씩 다가갔다.
미안하다는 말 대신 뒤돌아서 도망가는 대신
두 팔로 힘껏 그녀를 끌어안았다.

그리고는 같이 눈물을 쏟으며
지금의 부족한 모습을 서로 끌어안은 채
조금 더 나은 우리가 되기로 약속했다.

사랑을 하다가 문득, 아픔이 찾아왔을 때

서로의 부족함을 서로의 나약함을
서로가 완벽하지 않음을 받아들이고
서로를 끌어안을 수 있어야 한다.

그동안 잠시 떨어져 있어 닿지 않았던
그 사람과 나의 마음을 가까이 두면,
아주 가까운 곳에서 기다리고 있는

백 번째 행복이 보인다.

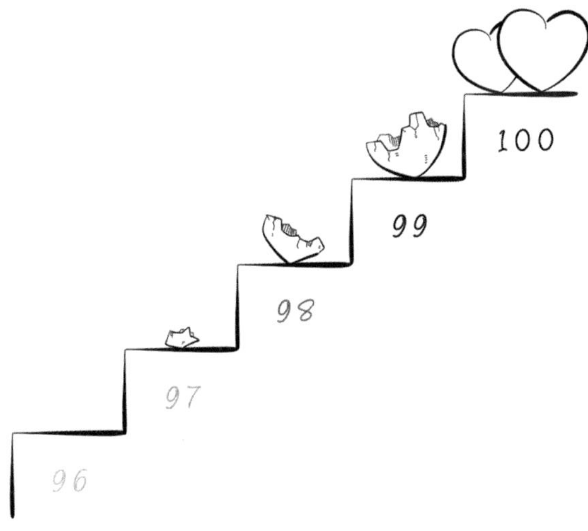

완전히 똑같이 맞추어놓지 않고서는,
조금 더 무거운 쪽으로 내려앉고 만다.
시소 끝에, 혼자 앉았을 때처럼…

전혀 다른
사람과 사람

조금만 더 앞으로.
아니 다시 조금만 뒤로.
아니면, 일어서볼래?

그 사람과 나 사이에서
수평을 이루기란 쉽지가 않다.

가까워지면 가까워질수록,
모래알만 하던 미세한 차이는
커다란 바위처럼 보이기 마련이다.

그런데 우리는 달라도, 너무나 다르다.

미세한 차이가 아니라,
닮은 점이 전혀 없는
서로 다른 사람과 사람이다.

같이 움직여도 쉽게 무너뜨릴 수 없는
그 커다란 장벽 앞에서 왜들 그렇게

제자리에 앉은 채로,
그가 앉은 위치를 탓하고
그에게 없는 것들을 어서

올려놓으라, 소리치는지.

내 것들로
가득 차 있어서는…
나
나
나

무슨 기대를 할 수 있을까…?
너
끼이익…

스으으윽!
나

어어어어??
스르륵...

아, 왔구나...
어...?!

"이번에는, 내가…"

오색빛깔 아기자기한 놀이터에서
두 소녀가 시소를 타고 있었다.
어릴 적 뛰어놀던 내 모습이 생각나,
나도 노란 시소 끝에 홀로 걸터앉았다.

털썩, 내려앉은 시소에 가만히 앉아 있자
둘 중 한 소녀가 내게 다가오더니
낑낑거리며 맞은편에 올라앉았다.

시소는 조금도 움직이지 않았다.

어느새 다른 소녀도 웃으며 달려와서는
가방을 올려놓고 자신도 위에 올라앉았다.
시소가 잠시 흔들거리자 두 소녀는
몸을 뒤로 눕히며 소리를 질렀다.

올라가라, 올라가라, 올라가라고.

두 소녀가 실망하며 그만두려는 즈음
나는 슬쩍 일어나며 발로 땅을 밀었다.
시소는 반대편으로 조금씩 내려가기 시작했고

아이들은 웃으며 환호성을 질렀다.

시소의 원리는 참 간단하다.
한쪽으로만 기울어져 있고
조금도 움직일 생각이 없다면
그 어린 소녀들이 했던 것처럼
반대편을 더 무겁게 하면 된다.

그리고 내가 했던 것처럼 반대편이 아닌
내 쪽에 변화를 주는 방법도 있다는 것을,
나는 요즘에서야 배워가는 중이다.

그 사람과 나 사이에 무슨 일이 생겼든
누구의 의해서 일어난 문제이든
항상 먼저 한 가지를 떠올려본다.

이번에는 내가 틀렸을 수도 있다는 것을.

내가 좋아하는 사람이
날 좋아해 주면,
얼마나 좋을까요…?

중간에
멈춰버린 차

차에 기름이 없다면, 충분치 않았다면
긴 고속도로에 진입하지 말았어야지.

길은 아직 끝나지 않았는데,
뒤에서는 비키라고 경적을 울리는데
그렇게 한가운데 멈춰 서 버리면…

정말, 중간에 멈춰버린 차의 탓일까.

평소라면 충분히 갈 수 있는 길이었다.
충분히 도달할 수 있을 거리였다.

끝도 없이 길게 이어진 길이라는 것을
차를 돌리는 곳도, 쉬는 곳도 없이
계속해서 앞으로만 달려야 하는 길이라는 것을

입구에 표기하지 않은 당신 탓이다.

사람과 사람의 만남이 이루어지는 길에는
분명 정해진 거리 같은 것이 없겠지만,

쉼 없이 이어진 한 방향으로의 도로만큼은
끝이 있어야 하는 법이다.

이 길은… 언제까지 일방통행인지…?

오고 있겠지…?

더는 못 가겠어…

"거리가 좁혀지지 않는 목적지"

소년은 홀로 여행을 떠났다.
아주 짧을 거라 생각했는데,
좀처럼 끝나지 않는 긴 여행이었다.

분명한 목적지가 있었다.

어떤 곳이든 정해진 목적지가 있으면
점점 거리가 좁혀지고 가까워져야 하는 법인데,
소년이 걷고 달리고 기차를 타는 동안에도
그 목적지는 여전히 먼 곳에 있었다.

몸을 움직이는 것으로는 도저히 좁혀지지 않는
앞만 보고 쉬지 않고 달린다 하더라도
그 자리 그대로 저 멀리 남아 있는

마음의 목적지.

그녀가 돌아서서 바라봐주기 전까지
그 거리는 1cm조차 좁혀지지 않았다.

그래서 함께해야 한다는 것이다.
혼자 걸어오도록 두어서는 안 된다는 것이다.

걷다가 돌아섰던 이들은, 알고 있듯이.
걷다가 주저앉았던 이들도, 기억하듯이.

좁혀지지 않는 목적지를 향해서
끊임없이 홀로 걷는 일이란
생각보다 훨씬 더 버거운 여행이다.

좋아하는 것을 다 해주는 것보다,
싫어하는 것을 하지 않는 것…

추억을
쌓기 전에

그 사람이 좋아하는 것들로 가득 채운
선물 상자들로 탑을 쌓았다.
오랜 시간 동안 힘겹게 상자를 쌓아 올리고,
이제 보여줘야겠다 싶어 마지막으로
상자를 하나하나 확인하다 보니
그 사람이 정말로 싫어하는 것이

딱 하나, 끼어있었다.

그래서 이거 하나만 치워야지 싶었는데
하필 탑의 가장 아랫부분에 있어
그것을 빼내려니 공든 아홉 개의 탑이…

사람은 누구나 선물을 좋아하지만
선물을 받고 기뻐하는 일주일보다도
몇 초 동안 느끼는 실망감이 더 크게 남는 법이다.

달리기 전에 어떤 짐을 내려놓아야 할지
추억을 쌓기 전에 무엇을 먼저 빼내야 할지
조금 더 넓게 나를 바라보자.

울퉁불퉁한 선물 상자 위에서가 아닌
평평하고 **탄탄한** 마음에서 시작하자.

바보야, 무리하지마~
차라리 저어기…
그녀가
좋아
할 만한
어…?
것들…

그거 하나를 내려놓는게…
더 좋지 않을까…?
어라…?
이건…

하하하…
이게 왜 여기에 있었지…?
휙~
네가 싫어하는 것

"사랑이 사랑스러울 때"

직접 싼 도시락을 먹어보고 싶다는 말에
그는 새벽부터 일어나 정성스레 준비했지만
그녀는 그의 도시락을 먹을 수 없었다.

그가 준비한 볶음밥과 샐러드에는
크고 작은 새우가 한 움큼 들어 있었고,
언젠가 그녀가 그에게 말하길…

나는 새우 알레르기가 있어.

마음만 앞섰을 때 저지르는 실수다.
무엇보다 마음이 중요한 것은 사실이지만
내 마음을 무작정 쌓아가기 전에

들려준 이야기를 돌아보는 시간을 갖자.

그 사람의 강점에 집중하기보다
그 사람의 약점을 감싸주는 일.

사랑은, 그럴 때 더 사랑스럽다.

아무리 채워도 가득 차지 않는
구멍난 항아리 같아서…
그래서 늘 채워줘야 하는 것.

혹시라도
잊고 있을 한마디

핸드폰 배터리처럼 그렇게 충전 완료 그림이 뜬다면,
매일밤마다 충전해 놓을 수 있다면 참 편하겠지만
내 마음도 그 사람의 마음도 어디까지 채워야 가득 차는지
언제쯤 방전되는지 도무지 알 수가 없다.

매일 조금씩 채워줄 수도 있고,
기다렸다가 한 번에 채워줄 수도 있겠지만
나라면 매일 채워주는 쪽을 택하겠다.

생각보다 더 작은 행동 하나하나가
그 사람의 마음을 채워줄 수 있기에,
힘들어할 일도, 피곤해할 일도 없다.

솔직한 한마디가 담긴 쪽지
서로의 추억을 담은 사진 한 장
손등, 혹은 이마에 가벼운 입맞춤.

그리고 문득 그 사람의 이름을 부르며

혹시라도 잊고 있을 한마디,

사랑해.

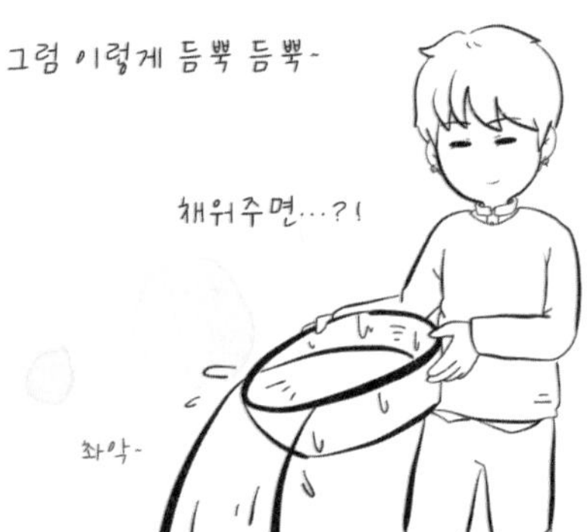
그럼 이렇게 듬뿍 듬뿍-
채워주면…?!
촤악-

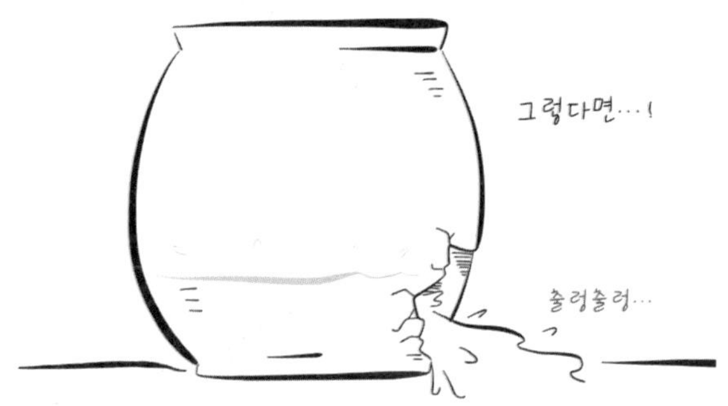
어라라…? 다 빠져나가네…;
그렇다면…!
졸졸졸졸…

이엄헤 함험헤히-(이렇게 하면 되지-)
온 홈으호!
(온 몸으로!)
읍…
뚝-!

조금만 더 기다려봐…
내가 꼭 되돌려 놓을게.

"누군가를 좋아하면…"

아직 어린 나이에도 7년째 연애 중이던
한 친구의 모습이 신기하기만 했다.

죽을 듯이 사랑하던 연인들도 시간이 흐르면
자기도 모르게 점점 서로에게 소홀해지고
곁에 있어도 쓸쓸해지는 순간이 온다.

너는 그리고 그는 서로에게 대체
얼마나 큰 사랑을 주고 있기에
7년째 변함없이 그토록 행복한 모습이냐고
묻는 나에게, 그녀는 망설임 없이 답했다.

사실, 남들보다 특별히 하는 건 없는 것 같아.
그냥 누구나 하는 것들? 그냥 누군가를 좋아하면

당연히 하는 것들 있잖아.

우리는 어쩌면 첫 모습을
잃어가고 있었는지도 모른다.

당신을 처음 만났을 때 하려던 말,
당신과 가까워지려고 해주고 싶었던 것,

당신과의 추억을 남기기 위해 가려 했던 곳.

처음엔 분명 있었지만,
오히려 익숙해져서 사라져버린
만나면, 좋아하면 당연히 하는 것들.
좋아하면, 사랑하면 당연히 고백하는 것들.
사랑하면, 함께라면 당연히 지켜주는 것들.

언젠가는 나도 누군가에게
당당한 목소리로 그런 말을 해주고 싶다.

내 사랑도, 그렇게 지켜왔다고.

빨리 앞서서 뛰다간 지쳐버려요.
지쳐서 혼자 주저앉으면 닿을 수 없어요.
꾸준히 함께 달려야 도착할 수 있어요.
마치, 마라톤처럼…

혼자서는
버틸 수 없는 길

마라톤에 참가했다. 그리 길지 않은 거리였다.
나에게는 두 시간, 그녀에게는 세 시간.
분명 우리는 웃는 얼굴로 출발했지만,
아쉽게도 둘 다 결승점에 도착하지 못했다.

내가 너무 빨리 달려서도 아니었고
그녀가 너무 느린 탓도 아니었다.
단지 그녀와 나는 걷는 방법이 달랐고

멈추어 쉬는 지점이 달랐다.

지금은 도저히 너를 돌아볼 여유가 없어.
조금만 더 달리고 그곳에서 기다릴게.

지금은 내가 너를 따라갈 힘이 없어.
조금만 더 쉬다가 그곳까지 갈게.

하지만 슬프게도 시간이 흐른 뒤에는
결코 같은 길 위에서 마주칠 수가 없다.

비가 쏟아지고 천둥이 치고
바람이 몰아치고 땅이 울리고…

우리가 살아가는 삶이란 결코
홀로 버티고 서 있을 수 없는
험난한 여행길이다.

헉헉…
헉헉…
핫둘~
셋~넷!

하아…
하아…
힘들어…
더는 못 뛰겠어…;;

이제 좀만 더 가면~
어…?
멈칫!

앞만 보고 달리느라…;;
미안! 좀 쉬다가 같이 가자~
불쑥~
어…?
그럴까…?

"그저, 서로의 등에 기댄 채"

생각할 시간이 필요했다.
서로가 서로의 마음을 진정시킬
침묵의 시간이 필요했다.

너랑 나, 생각할 시간이 필요한 것 같아.
당분간 만나지 말고, 떨어져 지내자.

생각할 시간-이라는 것은 어느 정도의 시간인지
떨어져 지내자-는 것은 어느 정도의 거리인지

아무도 몰랐기에… 생각할 시간과 당분간의 거리는
다시는 마주할 수 없을 정도의 먼 길이 되었다.

미련하게 혹은 성급하게,
볼 수 없는 곳까지 멀리 떨어지지 말고
알 수 없는 시간에 혼자 답답해하지 말고

그저, 서로의 등에 기댄 채
잠시 하늘을 올려다봤어야 했다.

하루라도

자기한테 나는 만년 2위잖아.

내가 예뻐하는 제자까지 거들떠보지도 않았어…

이제껏 단 하루라도 다 제치고

우리만 생각한 적 없지?

난 예쁨 받고 싶지 않아. 사랑받고 싶지.

– 영화 〈If Only〉 중에서

scene 3

사랑을, 느끼고 싶다

열 살 아이의 사랑부터 60세의 사랑까지、
있는 그대로 사랑하는 사람들의 이야기。
어릴 적 느끼던 사랑과 지금 느끼는 사랑、
그리고 앞으로 마주할 사랑이란…

몇 시간 동안
고민하곤 했던 단어,
사랑

어릴 적에 막연히 생각했던 사랑이란 지금보다 훨씬 더 위대한 것이었다. 그 시절의 사랑은, 요즘 우리가 주변에서 보고 듣는 짧은 연애 이야기 혹은 TV 프로그램이나 강의 속에서 짚어주었던 '현실적인 사랑'과는 조금 달랐다. 동화 속 소녀와 왕자님처럼 순수하고 아름다운 이야기로 가득 차 있었고, 영화 속 가난뱅이 청년과 부잣집 아가씨처럼, 용감하고 거짓 없는 감정이었다.

한 명에게 온전히 주기도, 한 명에게 온전히 받기도 힘들어져 버린 지금의 사랑은, 어릴 적에 막연히 그리던 사랑과는 너무도 다르다. 그 고귀한 것을 무엇과 비교해야 할지 몰라서 고민하던 감정, 단 한 줄을 쓰는데도 함부로 표현하고 싶지 않아 몇 시간 동안 망설이곤 했던 게 바로 사랑-이었다.

이제는 누구라도 '순수한 사랑'이란 그저 동화 같은 이야기라고, 사랑의 아름답고 초월적인 모습들은 영화 속에서나 가능한 이야기라고 말한다. 분명 우리 모두에게, 그런 사랑이 있다고 확신하던 때가 있었는데도 말이다. 그렇다고 지금 영화나 책 속에 펼쳐지는 수많은 사랑 이야기들이 전부 '픽션'은 아니다. 모든 사랑 이야기들은 항상 실화를 바탕으로 시작된다. 그 말은 아직도 어딘가에서 순수하고 위대한 사랑 이야기가 끝없이 이어지고 있다는 뜻이다. 어릴 적 우리가 꿈꾸던 사랑은 사라진 것이 아니라, 더 이상 그런 사랑을 꿈꾸지 않게 된 것뿐이다. 꿈꾸지 않는 것은 존재할 이유가 없고, 그래서 이렇게 잊혀가는 것이다.

나는… 조금 아프더라도 더 좋은 꿈을 꾸고 싶었다. 조금 피곤하더라도 매일 밤 깊고도 복잡한, 그래서 빠져나오고 싶지 않은 사랑 이야기를 꿈꾸며 살고 싶었다. 지금의 우리라고 해서 어릴 적 상상하던 사랑을 포기할 이유는 없다. 나 혼자 바보처럼 영화 같은 사랑을 꿈꾸는 것이 아니냐며 움츠러들 필요도 없다. 각자의 위치에서 각자의 삶 속에서, 꿈꿀 수 있는 최고의 사랑을 매일 밤 그리며 살자. 동화 같은 이야기면 어떻고, 영화 속 이야기면 어떤가. 이루어질 수 없다면 또 어떤가.

이 세상 누구도 그런 바보 같은 사랑은 안 해!

라고 누군가 내게 손가락질한다면 더욱 좋다. 그 누구도 하지 않았던 가장 특별한 사랑을 하는 가장 특별한 사람. 단 한 번의 삶에서 그런 사랑을 해볼 수 있다면 그보다 위대한 삶이 또 있을까…

지금 내가 그릴 수 있는 최고의 사랑을 꿈꾸며 살자.
꿈꾸는 것 자체가, 곧 그 사랑을 이루는 것이다.

내 곁에 있는 모든 사람들과
행복을 주고받는 것.

가장 자연스러웠던 말,
사랑

그 시절 우리가 알던 사랑은
분명 커다란 울타리였다.

지금 우리 앞에 세워져 있는
좁고 높은 울타리와는 다른
누구라도 들어올 수 있을 만큼
넓고 낮은 울타리.

그런데 어느새 울타리가 좁아졌다.
그리고 사랑도 좁아졌다.

누군가 슬쩍 들어올까 봐 겁이 났는지
점점 작아지고 점점 높아져서는
더 이상 들어갈 수 없게 되었다.

이제는…

제자리에서 뻗은 두 손에 잡혀야만,
손이 닿는 곳 안쪽에 있어야만,
그것을 사랑이라고 부른다.

열 살 혜원이에게 사랑을 물었더니,
참 넓은 사랑을 답해주었다.

"볼품없는 좁은 울타리"

사랑하는 엄마 아빠에게,
사랑하는 우리 오빠에게,
사랑하는 선생님께,
사랑하는 나의 친구에게.

그토록 자연스럽고 익숙하던 말이
더 넓은 곳을 향해 움직이던 말이
언제부턴가 제자리에 멈추어 있었다.

내 마음 그대로 전할 수 있었던
소년과 소녀의 사랑을 잃은 우리는
스스로 만족할 만한 환경이 아니고서는
사랑을 외치기가 쉽지 않다.

그래서 지금은
당장 내 눈앞에 있는 단 한 사람에게조차
그 사랑을 전하기가 벅찬 건지도 모른다.

그래도 사랑을 말하자.
내가 살아 숨 쉬는 동안
아낌없이 사랑을 전하자.

조금 더 넓은 사랑을,
조금 더 깊은 사랑을,
조금 더 짙은 사랑을.

내게 소중한 이들을 위해
평생을 값없이 건네줄 수 있는
유일한 선물이 사랑이다.

이미 작아질 대로 작아져 버린
내 볼품없는 좁은 울타리 안으로
손을 내밀어 줄 것 또한, 사랑뿐이다.

나 혼자 누려도 되는 것들을
그 사람에게도 누리게 해주고 싶은 것.

사랑의
참모습

내게 일어난 일이 그 사람에게도
똑같이 일어나길 원하는 것과
내게 좋은 일이 일어났듯이 그에게도
좋은 일이 일어나기를 바라는 것은

비슷해 보이지만 사실 전혀 다르다.

우리는 항상 내게 맞는 옷을 입는다.
아픈 날이면 내게 맞는 약을 먹는다.
외출할 때는 내게 맞는 신을 신고
세상에 나가서는 내게 맞는 길을 간다.

혹시라도 그에게 내 옷과 내 약을 주고
내 신을 건네주며 내 길을 가라고 한다면
그것을 위한다거나 베푼다라고 말하지는 않는다.

사랑한다면 그 **미묘한 차이**를 놓치지 말아야 한다.

나는 늦은 밤에 올려다보는 하늘이 좋아.
그녀에게도 그런 하늘을 보여줘야지**보다는**

열 살 예슬이에게 사랑을 물었더니,
함께 누리는 사랑을 답해주었다.

그녀는 어떤 하늘을 좋아할까?
그녀가 보는 하늘이 궁금해서
그녀의 하늘을 함께 보는 것.

그것이 사랑의 참모습이 아닐까.

"너를 위한 사랑"

어렸을 적에 한 번 들었음에도
가슴 깊이 새겨져 아직까지 잊지 못한,
천국에 가면 긴 수저를 준다는 이야기.

내 것을 먹기 위한 수저가 아닌
맞은편의 이를 먹여주기 위한 수저.

우리의 사랑도 다를 것이 없다.
사랑의 중심은, 내가 아니라 너다.

사랑을 이루고 싶어서
우리는 가까이 마주하게 되고
그동안 공허했었던 자신의 마음을
한시라도 빨리 채우고 싶겠지만

사랑은 항상, 기다란 수저 끝에 놓여있다.

–

작년에 친구랑 갔던 곳인데,
거기에 가자, 진짜 맛있더라!

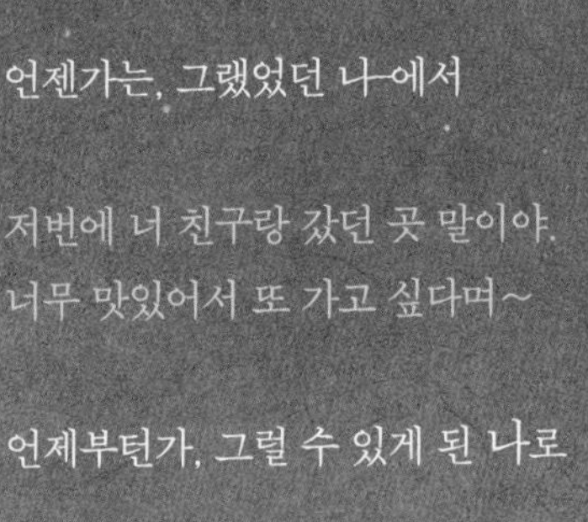
언제가는, 그랬었던 나에서
저번에 너 친구랑 갔던 곳 말이야.
너무 맛있어서 또 가고 싶다며~
언제부턴가, 그럴 수 있게 된 나로

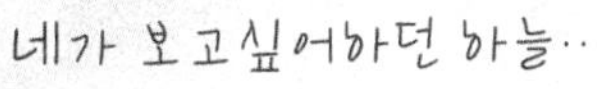
네가 보고싶어하던 하늘…

10대인 제가 아는 사랑의 의미는 Only you입니다.
오직 그 사람뿐입니다. 한결같이, 보고 싶네요.

그냥,
지금 나는 말이에요

깊은 감정이 아닐지도 모릅니다.
영원하지 않을지도 모릅니다.
늘 웃을 수 없을지도 모릅니다.
자주 울게 될지도 모릅니다.
늘 생각해오던 것들과는
전혀 다를지도 모릅니다.

그런데 지금은 그런 것들이야
아무렇지 않습니다.

그냥, 지금 나는 당신이 좋고
그냥, 지금 나는 당신이 보고 싶고
그냥, 지금 나는 아무래도

당신뿐인가 봅니다.

지금 뭐하고 있으려나...
히히...
보고싶네~

얘 또 이러고 있네...
아니 걔가 대체
뭐가 좋다고?
빤-히
차라리...

난 얘 아니면 싫단 말이야!!
헐...
깜짝이야...;
그... 그래?

"나는 많이 좋아한단 말이야"

한 사내아이가 울면서 아버지에게 달려왔다.
서럽게 우는 모습에 깜짝 놀란 아버지는
몸을 숙여 아이를 힘껏 끌어안았다.

왜 그렇게 우느냐고 무엇 때문이냐고 묻자
눈물, 콧물로 범벅된 사내아이가
거칠게 숨을 몰아쉬며 말했다.

나는… 그 아이가… 좋은데…
나는… 정말로 좋아하는데…
그 아이는… 내가… 싫대요…

아버지의 배꼽에 겨우 닿을 만큼 작아서
분명 마음도 아직 작기만 할 그 아이가
대체 얼마나 마음속 깊이 품고 있었기에
그토록 서글프게 눈물을 쏟아냈던 것일까.

아이를 품에 안아 토닥여주던 아버지가 묻는다.
그래서 이제는 그 아이가 싫으냐고.
그러자 아이는 다시 또 거친 숨을 내쉬며 말한다.

아니야… 난 좋단 말이야…

나는 많이 좋아한단 말이야…

그 따스함에 아버지는 웃는다.
그 모습을 지켜보던 나도 웃는다.
그것은 우리가 잊고 지내던

사랑의 온도다.

10대인 저의 사랑은,
아무것도 따지지 않고
막무가내로…
마음을 따라서 하는 것입니다.

마음이 내게 시키는 대로

솔직했으면 좋겠다.
사랑 앞에서만큼은.

이제 막 잠이 들었을지 몰라도
깊은 잠에 빠져 있을지 몰라도
모두가 잠든 깊은 새벽이라도

보고 싶으면 보고 싶다고,
전화를 걸어 말하는 것이 좋다.

정말로, 좋아해요.

마음이 내게 시키는 대로,
물러나는 것 없이 망설임 없이
돌아서는 것 없이 두려움 없이
그대로 전하는 것이 좋다.

표현하지 못해 후회하는 일이
단 한 번도 없었으면 좋겠다.
사랑 앞에서만큼은.

우다다닥~!
같이 가~!!!!
쩌렁쩌렁…
멈칫…!

나 두고 어디 가지 말라니까~!
으이그…

"지금, 꼭… 해야만 하는 말"

그저 누군가에게 끌리고 예뻐 보이고
다가가서 친해지고 싶은 것이 아니라
이건 정말 사랑일 것이라고 확신했던
중학교 시절의 첫사랑.

어느 여름날에는 사과 주스를 턱-하고
그녀의 책상 위에 올려놓았고
또 어느 겨울날에는 집으로 돌아가는 길에
그녀를 불러 세워 분홍색 벙어리 장갑을 건넸다.

체육 시간이면 그녀를 향해 날아오는 공을
부족한 몸놀림으로 대신 맞아 주었고
경주로 향하는 버스 안에서는
그녀의 옆자리에 앉아 몇 번이고
카드놀이의 희생양이 되어 주었다.

그리고 어느 날은, 그녀에게 편지를 썼다.
응답을 바라고 쓰는 편지가 아닌
반드시 해야만 하는 말이 있어
삐뚤빼뚤한 글씨로나마 편지 속에 담았다.

졸업해서 멀리 떨어지기 전에

더 이상 바로 옆자리에서 볼 수 없는
그 날이 오기 전에 꼭 해야만 했던 말,

있잖아… 너를 많이 좋아해.

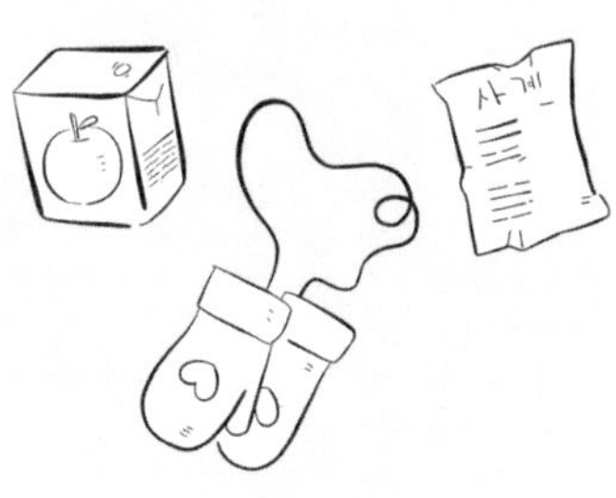

10대인 저의 사랑은, 활짝 피지 못한 꽃 같아요.
아직 완전히 펴보지는 못한, 그러나 이미 시작해버린.
점점 피어가는, 그런 사랑이요…

사랑에 없는 세 가지

아직, 다 피어오르지 않아서
어떤 모양의 꽃이 될지
어떤 색깔과 어떤 크기로
내 안에 자리 잡을지
전혀 알 수 없음에도
소홀히 하면 안 되는 세 가지 이유.

사랑에는 답이 없고
사랑에는 지름길이 없고

사랑에는 재시작이 없다.

음…
이대로 두면…
시들
시들

매일 챙겨주면, 잘 자라겠지…?

뚝..
음..
나는
너와 같이
사실은
좋아해
그때 말이야
생각나서
무럭 무럭, 자라라…
뚝..
뚜욱-
뚝-
누구보다도, 어여쁜 모습으로…
쑥욱…
쑤우욱!

"내가 나에게, 나의 마음에게"

내가 그의 이름을 불러주기 전에는
그는 다만 하나의 몸짓에 지나지 않았다.
내가 그의 이름을 불러주었을 때
그는 나에게로 와서, 꽃이 되었다.

-김춘수 〈꽃〉 중에서

몇 번을 읽고 또 읽어봐도,
사랑을 가득 담은 글이다.

사랑이라 불러주기 전까지는,
내 마음과 네 마음 또한 그랬었다.

그저 어설픈 감정으로만
너와 내 주변을 맴돌고 있었다.

사랑인 것 같아…

내가 나에게, 내가 나의 마음에게
사랑이라고 이름 붙이는 순간
어설프기만 하던 내 마음은
너와 나를 모두 덮을 만큼의

커다란 감정으로 다가왔다.

의심할 여지 없는, 내 사랑으로.

20대인 제게, 사랑은 아직 두려움 같아요.
상처를 받고 마음의 문을 걸어 잠그다 보니
마음의 문이 다시 열릴 때까지의 두려움이란…

당신이 들어올 자리

똑똑… 두드리는 것까지는 괜찮아요.
안녕… 인사하는 것까지도 괜찮아요.
저기… 떨리는 목소리도 괜찮아요.
그게… 망설이는 모습도 괜찮아요.
좋아해요… 고백해도 괜찮고요.
보고 싶었어요… 말해주어도 괜찮아요.

단지, 아직 문을 열지는 마세요.

조금 힘들겠지만, 답답할지도 모르겠지만
내가 나갈 때까지, 나갈 수 있을 때까지
조금만 기다려주지 않을래요?

당신이 반갑지 않은 것이 아니라
당신을 보내고 싶은 것이 아니라
아직, 당신이 들어올 자리가
다 준비되지 않았거든요…

조금만, 조금만, 기다려줄래요?

괜찮을 줄 알았는데…

그치만, 아직은…

아직은 좀… 두려운데…

"기다릴 줄 아는 사람"

내가 일하던 작은 카페에서는
하루에 한 번씩 머랭 쿠키를 구웠다.
30분씩 구워서 꺼내는 쿠키들과 달리
차분히 더 오랜 시간을 기다려야 했다.

"100도로 맞춰놓고 한 시간에서
한 시간 반 정도 구워야 해요.
그 후에 열어보고 더 구울 때도 있고요.

너무 온도를 높게 해버리면 색과 맛이 변해요.
그리고 다 구워지기 전에 오븐을 열어버리면
모양이 깨지고 무너져 내릴 수도 있어요."

사실 처음으로 내가 직접 구웠을 때는
궁금해서 몇 번이고 열어서 확인을 했다.
그래서 맛도 모양도 엉망이었다.

나는 계란프라이도 태워버릴 만큼
속도와 정도에 있어 미숙한 사람이었다.

수십 개의 쿠키를 실패하고 나서야,
온도를 적당히 맞추고 중간에 열어보지 않으며

차분히 기다릴 줄 아는 사람이 되었다.
무엇이든 준비하는 시간이 중요하다는 것을

이해하고 받아들였다.

재촉하지도, 소리치지도 말자.
기다림의 이유를 이해하고
기다림의 필요를 받아들이자.

내가 준비되어 그 사람 앞에 왔듯이
그 사람도 내 앞에 오기 위해
손을 내밀어 문을 열기까지의

예열 시간이 필요하다.

철이 없는 시절이기에 가능한 것.
스스로 성숙하다 여기기에 감히 해보는 것.
온 마음을 다하고, 최선을 다해 사랑하는 것.

말하고
전하고 안아보고

그때, 그랬어야 했는데…

언젠가는 한두 개쯤에 불과했다.
그리고 어느새 셀 수 없을 만큼 많은 것을
했어야-했다며 저 먼 곳을 돌아보고 있다.

지금이 아니면 못하는 것들,
지금의 나이기에 할 수 있는
지금의 내게 주어진 환경 안에서만

할 수 있는 것들이 있다.

지금-이라는 시간은 하루도 한 시간도
일 분도 아니 일 초조차도 머뭇거리거나
잠시라도 되돌아오는 일이 없다.
다시는 마주할 수 없다는 것이다.

그때 해야 했을 것들-로
머릿속이 가득 차기 전에
지금, 이 시간이 더 흐르기 전에

말하고 전하고 안아보고
매 순간, 사랑하며 살자.

데려다줘서
고마워~!
들어가~
스윽
아, 그리고…
어~ 그러니까
그게…

내일도… 데려다줄게.
어 정말?!
아싸~!!

"후회하지 않는 순간"

사람들과 어울려 지내다 보면
누구라도 한 번쯤 받아보는 질문.
적성 검사나 설문지에서도
자주 등장하던 단골 질문.

지금까지 살면서 가장 후회되는 순간은?

보면 볼수록 얄미운 질문, 그리고
들으면 들을수록 답이 바뀌는 질문.

지난주도 어제도, 오늘 아침에도 후회를 했고
심지어 이 대답을 하고 나서 바로
후회하고 있을지도 모르는데

가장 후회되는 순간이라니…

후회하지 않고 살아가는 사람은 없다.
적당히 후회하는 사람도 없고,
마음껏 후회하는 사람 또한 없다.
그래서 그 질문을 바꿔놓고 싶다.

지금까지 살면서, 후회되지 않는 순간은?

그 질문에 더 많은 대답을 하고 싶다.
그 질문에 더 많은 생각을 하고 싶다.

나는 글을 쓰기 시작한 날을
낙서에 관심을 갖고 끄적이던 날을
카메라에 욕심을 부리던 날을
대학생활을 멈추고 여행을 떠난 날을
좋아하는 일에 몰두하고 싶어서
회사를 그만두었던 날을 후회하지 않는다.

할까 말까, 괜찮을까?

혹시라도 잘 안 되면, 이 모든 상황들을
돌이킬 수 있을까 고민하고 또 고민하면서도
결국 당신에게 사랑한다고 고백했던 그 날을

조금도 후회하지 않는다.

20대인 저의 사랑은,
서로의 아픔을
함께 나누는 것입니다.

있어서 오는 것과 없어서 오는 것

전날 무리를 했다던가 아니면
추운 곳에 오랜 시간 서 있어서
신발 속에 작은 돌멩이가 있어서
손가락 끝에 베인 상처가 있어서
아랫니 끝에 충치가 있어서
혹은 위에 염증이 있어서
눈 속에 먼지가 있어서.

아픔이란 대부분 무엇인가
있어서 오는 것들이라지만

어느 날 갑자기 예고도 없이
몸살처럼 찾아오는 아픔이란
그런 것들이 있어서가 아니라

단지 네가 없어서-다.

오늘따라 으슬으슬…
머리도 아프고…
찌이잉
덜덜
덜덜..
기운이 하나도 없네…
스르르륵…
기운
기운기운
기운기운기운
기운기운기운
기운기운
기운기운

네가 아프니까, 나도… 아프다.

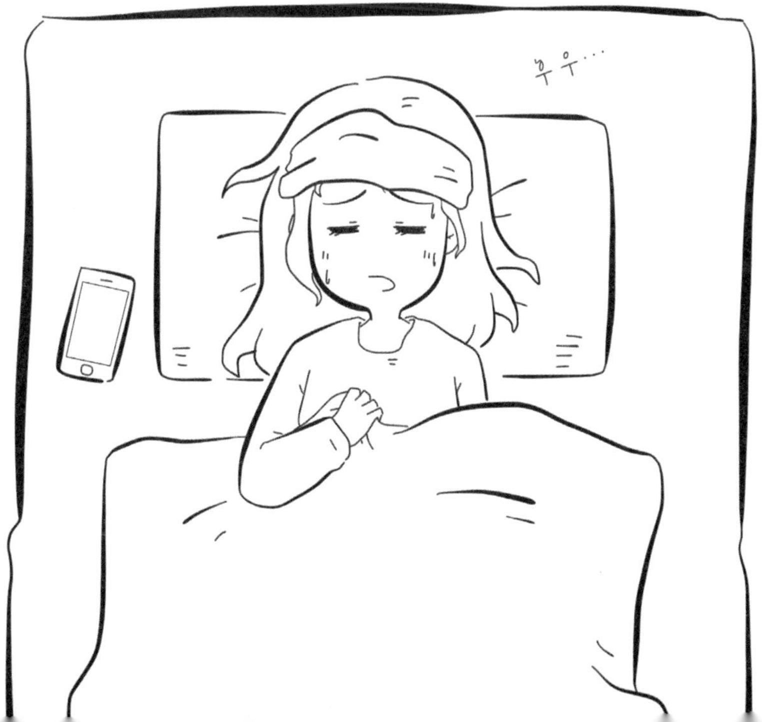

"아픔을 앗아오고 싶을 때"

머리가 아프면 무엇이든 집중하기가 어려워서 힘들고,
다리를 다치면 마음껏 돌아다니지 못해서 힘들고,
속이 쓰리면 배가 고파도 먹을 수 없어서 힘들고,
손이라도 다치는 날에는 내가 할 수 있는 것들이

너무나도 없어서 힘들다.

그런데 신기하게도 그 사람이 아파하는 날이면
내가 대신 아파야 했다며 안절부절못하게 된다.

그저 예의상 건네는 말이 아니라 진심으로
그 사람의 아픔을 앗아오고 싶을 때가 있다.

내가 힘들고 답답하고 어지럽고
그래서 하루 종일 끙끙거리던 순간보다

너무 아파…

라는 너의 말이
더 아프고 쓰리고, 숨차다.

20대인 저의 사랑은…
아직 다 완성되지 않은 지도의
빈칸을 채워가는 여행 같습니다.

처음부터,
새로운 시선으로 바라보기

처음에는 어렵다.
아니 두 번째에도 어렵다.
하지만 세 번째, 네 번째가 되면…

역시 어렵다.

이제는 익숙해질 때가 되었을 거라고,
시작과 끝을 구분하고 다루는 법도
알 때가 되지 않았나 싶지만

사랑은 좀처럼 우리에게
꼬투리를 잡히지 않는다.

우리가 할 수 있는 것은 하나다.
처음부터 새로운 시선으로 바라보기.
아는 것만 보려고 하지 말고
다시 출발점으로부터 시작하는 것.

불완전한 모습들이 불안해서
항상 더 완벽해지기를 바라겠지만

사랑은 퍼밀리어Familiar**보다는**
언퍼밀리어Unfamiliar**일 때 더 사랑답다.**

너랑 나랑은 너무 안 맞는 것 같아.

미안해.

아프지 말고…

좋은 사람 만나.

연락은 하지 말자…

나는 아직…
많이, 멀었구나…
터벅
터벅
터벅

그래, 꼭…
더 좋은 모습으로…

더 예쁜 사랑을 하자, 꼭…

"찾기 어려운 것일수록 더 아름답다"

지구본을 참 좋아했다. 빙글 빙글 돌리다가 멈추고 내 손가락이 짚은 곳을 책에서 찾아보곤 했었다. 함께 놀던 친구와 지구본으로 땅따먹기 놀이를 했다. 가위바위보 게임을 해서 이긴 사람이 지구본을 돌리고, 손가락을 짚어 멈춘 곳에 자신의 이름을 붙였다. 이름이 붙은 곳은 자신의 땅이 되고, 다시 상대방이 그곳을 짚으면 내어주고-를 반복했다. 나는 다른 나라들보다, 한국을 내 땅으로 하고 싶었다. 하지만, 한국은 좀처럼 닿지 않았다.

우리나라는 왜 이렇게 작아? 찾기가 힘들어.

내 이름이, 알 수 없는 나라들 위에만 있는 것이 불만이었다. 미리 한국을 쳐다보고 지구본을 돌려도, 이따금 일본이나 서해를 고를 뿐이었다. 한동안 한국을 뚫어져라 쳐다보고 있으니 그녀가 한국 위에 동그라미를 치며 말했다.

찾기 어려운 것일수록 더 멋지고 아름다운 거래.

우리나라는 특별해서 그런 것-이라고, 지금 생각해보면 꽤 어설픈 말이지만 그때의 나는 고개를 끄덕였고 지금의 나도 똑같이 고개를 끄덕인다. 지금 우리의 마음에도 같은 대답을 해주고 싶다.

사랑이 어려운 이유,
내 사랑을 찾기가 쉽지 않은 이유,
눈에 잘 보이지 않는 이유,
'이거다!'라고 딱 짚기가 어려운 이유는
내 사랑이 무엇보다 소중하고 멋진

단 하나뿐인 아름다운 감정이기 때문이다.

30대인 저의 사랑은…
확신과 확인,
그리고 확답의 반복인 것 같아요.

갑작스러운 질문 앞에는

똑같은 질문을 매일 하느냐고
알면서 뭘 묻고 그러냐고
무슨 일 있는 거냐-고 되묻지 말고

그저 그 사람의 마음에 답해주세요.

보고 싶냐는 물음에는 그저
보고 싶다고 답해주세요.

갑작스럽게 묻는 그 질문들 앞에는
항상 이런 말들이 숨겨져 있어요.

나는 당신 보고 싶어 죽겠는데
당신도 나 보고 싶어요?

나는 당신 진심으로 사랑하는데
당신도 나 사랑해요?

그 사람의 의도를 의심하지 말고,
당신의 마음 그대로를 답해주세요.

때로는 그저 물음만 던져 놓고서
기대 없이 다른 곳을 보고 있더라도
옆으로 다가가서 말해주세요.

오늘도 일어나자마자 보고 싶었어.
그리고 어제도 해주려던 말인데…

사랑해.

나 정말로…
정말로 말이에요…
나… 사랑해요?

바, 바보야 당연하지!!
내가 얼마나 사랑하는데…
내 마음 몰라?!

"그 사람이 듣고 싶은 만큼"

나 좋아해, 안 좋아해?
응? 얼마나 좋아?

커피를 마시다가도,
경치 좋은 공원을 걷다가도,
어느 날은 밥을 먹다가
또 어느 날은 영화가 시작하기 직전에
때로는 잠들기 전에.

그녀는 몇 번이고 나에게
똑같은 질문을 했다.
그리고 어느 날인가는,
나에게 푹 안기며 말하기를

사랑한다고, 딱 열 번만 말해줘.

작은 목소리로, 사랑한다고
열 번을 채우기 전까지
그녀는 그대로 품에 안겨있었다.

궁금해서 몰라서 답답해서,
못 미더워서 불안해서가 아니라

정말로, 듣고 싶어서.

사랑한다는 말은 언제나,
그 사람이 원하는 만큼

채워줘야 하는 말.

30대인 저에게 사랑은,
일상의 소소함을 함께하는 것입니다.
특별하진 않지만, 하루하루 사랑으로
채워가는 느낌, 참 소중합니다.

걷다 보면
어느새

바쁜 나날들 속에 찾아온 쉼 앞에서
쉼을 취하는 방법을 찾다가
그 쉼을 잃을 때가 있다.

이런 날이 자주 있는 것도 아니고…

어떻게 하루를 보내야 특별하고
무엇을 해야 의미 있을까 고민하다가
그 하루가 끝나버릴 때가 있다.

쉼을 취하는 방법이란 모두가 다르겠지만,
있는 그대로를 누리는 것이 쉼이다.

그와 함께하는 쉼이라고 다를 것은 없다.
평범한 하루 속에 그 사람이 함께 있었다면
평소와 같은 날에 그와 함께 걸었다면
그게 특별한 하루고, 의미 있는 쉼이다.

고민하지 말고 손을 잡자.
머리 쓰지 말고 그냥 걷자.
함께 손을 잡고 걷다가 뒤를 돌아보면

그렇게 걸어온 길이, 특별한 하루다.

하루…

또 하루…

그냥 매일 딱 이렇게만…
이렇게만 있고 싶다.
너랑 둘이서…

"사랑에 빠진 이들의 특권"

집에서도 카페에서도
공원에서도 일터에서도
틈만 나면 노트를 꺼내
끄적끄적 낙서를 하곤 했다.
그럴 때마다 그녀는 옆에서
책을 읽거나 핸드폰을 두드렸다.

어느 날인가부터는 그녀도
자신의 노트를 준비해서는
무엇인가 그리기 시작했다.

동그라미를 그리는가 싶었는데,
점을 몇 개 찍더니 사람이라고 했다.
갑자기 왜 그림을 그리느냐고 묻자
그녀가 웃으며 답하길

그냥, 나도 같이 해보려고.

그다지 특별한 말이 아님에도
고마워서, 눈 끝이 시큰거렸다.
따뜻해서, 내 마음이 웃었다.

그 이상의 무엇이 더 필요할까.
그것이 낙서든 음악을 듣는 일이든
걷는 것이든 엎드려 쉬는 것이든
아니면 하늘을 멍하니 올려다보는 것이든.

하루의 일부를 함께 할 수 있다는 것은
사랑에 빠진 이들의 특권이다.

30대인 저에게 사랑이란
입어본 적 없는 옷을 입는 것과 같습니다.
그렇게 아직까지도, 서투른 감정입니다.

사랑 앞에 몇 번이라도,
망설이세요

전에도 이 사람과 사랑을 해보았나요?
전에도 이 사람과 손을 잡고 철길 위를 걸었나요?
전에도 이 사람과 산에 올라 석양을 본 적이 있었나요?

아니요, 없습니다…

사랑 앞에 솔직하세요.
사랑 앞에 어린아이가 되세요.
사랑 앞에 몇 번이라도, 망설이세요.

모든 것이 처음이니까.
모든 것이 새로우니까.

잘해야겠다-는 부담 대신
잘하고 싶다-는 소박한 소원이면

충분하지 않을까요, 사랑은.

음…
이 옷을…
REE
&
REE

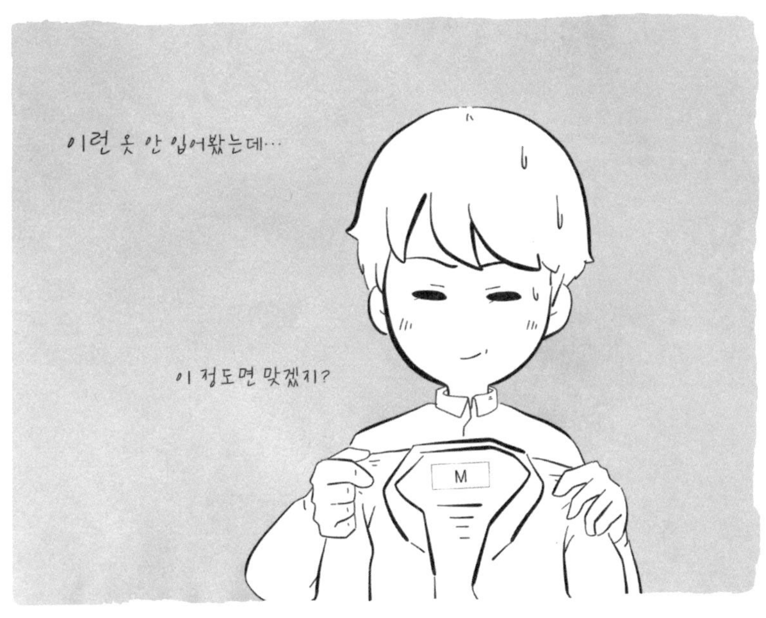
이런 옷 안 입어봤는데…
이 정도면 맞겠지?
M

어…라?
어색
좀 이상해…
어색
아니, 많이 이상해…
어색
입지 말까…?

아니야, 그래도…
그 애가 이런 옷
좋아한다고 했으니까-
한 치수
큰 것좀 주세요!

"나는 여전히 사랑에 서툴다"

30대 초반으로 보이는 두 남녀가 대화를 나누고 있었다.
아마도 그에게 자신의 친구를 소개해 준 모양이다.

음, 그러니까 네가 잘 좀… 부탁해.
그 아이 연애도 해본 적 없고 표현에도
많이 서툴고 그래. 그래도 너는 해봤으니까.

그녀는 마음을 여는 데 처음이지만
그는 마음을 열어본 적이 있으니까
그만큼 사랑에 능숙하지 않느냐는 말일까.

사랑을 해봤으니까 괜찮을 사람이란 없다.

운동할 때도 경험이 많은 사람이
오히려 더 크게 다칠 가능성이 높다.
처음 배우는 이들이 느끼는
두려움과 긴장감이 없기 때문이다.

사랑 앞에 능숙함은 필요치 않다.
능숙한 모습을 보여주길 바라지도 말자.
사랑은 늘 처음의 긴장감을 안고 있어야 한다.

나는 사랑을 해봤고
나는 이별을 해봤으며
나는 사랑에 대해 들어봤고
나는 수많은 이별도 들어보았다.

지금도 매일 사랑에 대해서 쓰고
그 사랑을 그리고 또 표현하지만
나는 여전히 사랑에 서툴다.

서툴러서, 조심스럽고
서툴러서, 신중하며
서툴러서, 서로에게

더 애틋한 두근거림이 있는 것이다.

40대의 사랑은, 모든 것을 내려놓고
있는 그대로의 나를…
그 사람에게 보여주는 것이라 생각해요.

가엾은
나의 일부

하루하루 나이가 들어갈수록,
우리는 솔직한 사람이 되는 대신에
또 다른 나를 연기하는데 몰두한다.

내 전부가 아닌 보여주고 싶은
일부분만을 드러내고
다른 곳에는 새로운 벽을 세워
속이 보이지 않도록 칠해버린다.

그래야만 내가 보여준 만큼의
책임만 질 수 있으니까.
상처를 받는다 해도 딱 그만큼만
잘라내면 그만이니까…

그렇게 시간이 흘러버리면
안에 가려져 햇빛을 보지 못한
가엾은 나의 일부들은 그대로
병들고 나약해져 영원히 묻히게 된다.

그 안에 있는 나를 기다리고 있을
누군가의 사랑에는, 영원히
답할 수 없게 되어버린다.

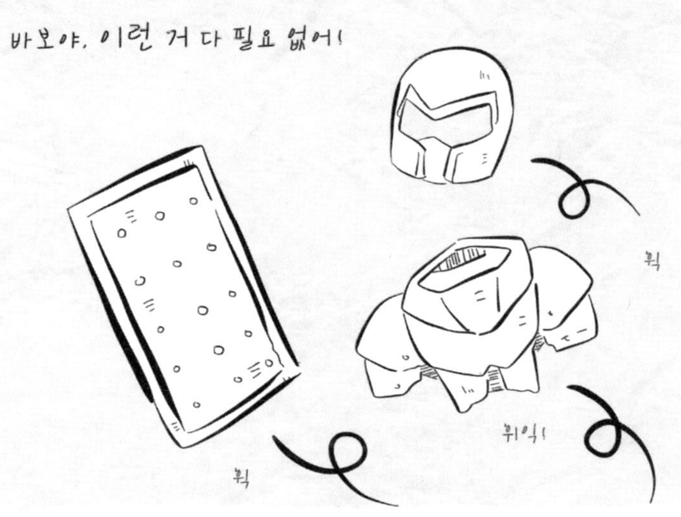
바보야, 이런 거 다 필요 없어!
휙
휘익!
휙

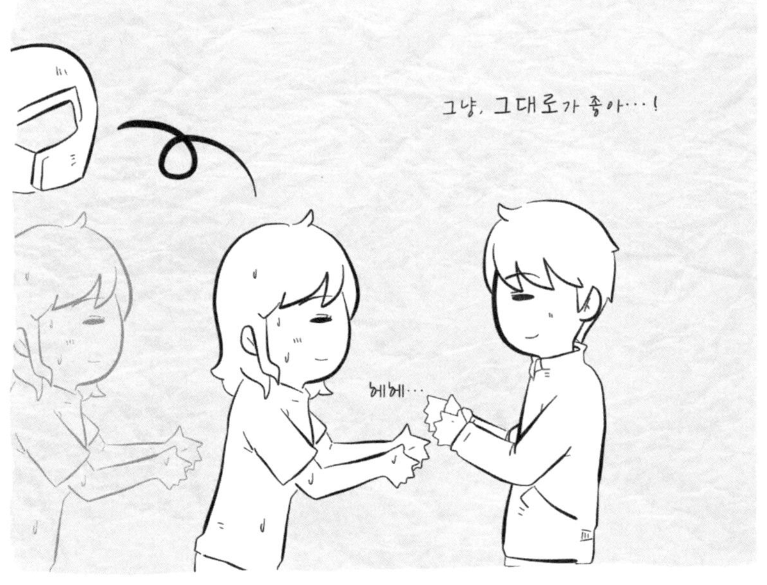
그냥, 그대로가 좋아…!
헤헤…

"그 사람을 통해서, 그 사람으로 시작해서"

당신은 어떤 사람인가요…?

새로운 사람들을 만나는 자리에서
나를 소개하는 일이 생기면
내가 말하는 나-는 대부분
내가 그들 앞에서 보여주려는 모습이다.

진짜 나는 어떠한 사람인지-가 아니라
나는 대충 이러한 사람일 것이다-라고
연출할 이미지를 선언하는 것에 불과하다.

하지만 그런 나-에게서는 누군가와의
완전한 공감도 완전한 소통도
완전한 이해도 기대할 수 없다.

혹시나 하는 마음에 그동안 가려두었던
드러내기 불편한 모습들이나
평생 몰랐으면 하는 모습까지도,
당신의 이야기라면 무엇이든 듣고 싶다고
말해줄 수 있는 한 사람에게만큼은

보여주어도 좋다.

그 사람이 다독여주는 동안
감춰두려던 나의 약한 부분들은,
내 안에 바르게 자리 잡고서

가장 나다운 모습이 된다.

어느 날은 합하고, 어느 날은 곱하고.
또 어느 날은 빼거나 나누어서
상황에 맞게 표현할 수 있는…
이제는 그런 사랑을 하려 한다.

그 사람의 마음이 원하는 것

2와 2를 가지고 4를 만들려고 할 때
필요한 연산 기호는 무엇인가?

(답: +, ×)

10과 5를 가지고 2를 만들려고 할 때
필요한 연산 기호는 무엇인가?

(답: ÷)

카페 구석에 앉아서 열심히 답을 써내려가던
소년의 문제집에서 보았던 질문들.

우리는 그토록 일찍, 필요한 기호를
찾아서 적어 넣는 법을 배워놓고서
정작 삶에서는 적합한 선택을 못 해

하나뿐인 기회를 잃어버린다.

내가 고르고 싶은 것 말고

내가 잘 아는 것 말고,
그 사람의 마음이 원하는 것을
선택할 줄 아는 것은

어른스러운 것도 현명한 것도 아닌
사랑하며 살아가는 삶의 의미를
정확히 알고 있다는 것이다.

사랑에 정해진 답은 없지만,
필요한 답은 있다는 것을.

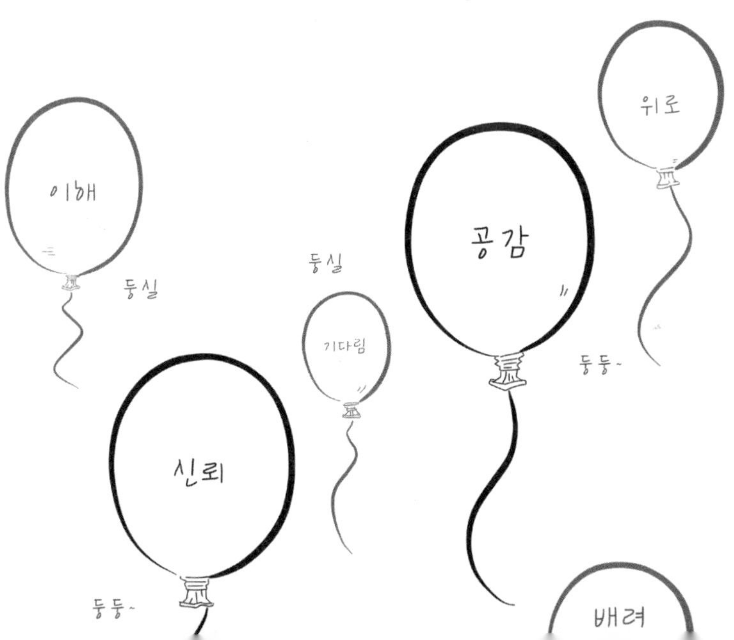

안 그래?
오늘따라…
그런 거 아니냐구…!
내 말이 틀려?
음…;
아니 솔직히…
난 좀 그래.
웃음
이해
와
공감
등…
등…
짜증
사과
등…
신뢰

웃음
지금은, 이게 필요하겠지…
공감
이해
침묵
스윽..!

"내게 있는 것, 네게 필요한 것"

내 필통에는 여섯 가지의 펜이 있다.
밑그림을 그리는 2B 연필,
선을 입히는 마카 펜,
내용을 정리하는 샤프,
작업 그림을 그리는 터치 펜,
자유로이 낙서하는 붓 펜,
책 위에 흔적을 남기는 네임 펜.

어릴 적 필통 속에는 한 가지뿐이었다.
한 번에 미리 깎아놓은 똑같은 연필 6개.
하지만 지금은 그때의 필요에 따라서
더 적합한 펜을 쥐고 노트를 채워나간다.

연필 하나로 충분할 수도 있겠지만
조금이라도 부족한 부분을 채워
더 만족스러운 결과를 얻기 위해서는
매 순간 신중한 선택이 필요하다.

삶 속에서도 사랑 속에서도 그렇게
내게 있는 것으로 적당히-가 아닌

네게 필요한 것을 찾아서.

40대인 우리, 아직도 티격태격 싸워요.
하지만, 그 사람과의 더 깊은 사랑이
늘 기대되므로… 언제까지라도.

눈치채지 못한
내 마음을

다툼이라는 것은 대부분
이기기 위해서 시작한다.

내가 옳고 상대가 틀렸다는 것을
모두에게 인정받기 위해서
혹은 그저 서로 다른 의견에 대해
내 입장을 관철시키기 위해서
있는 힘껏 목소리를 높인다.

사랑하는 이들의 다툼은, 조금 다르다.
아직 눈치채지 못한 내 마음을 들려주는
울퉁불퉁하기만 하던 바위를 깎아내는

일련의 과정들이다.

때로는 소박하게 표현되어
웃으며 마무리되기도 하고,
때로는 거칠게 튀어나와
상처를 남기기도 하지만,
진정으로 사랑하는 이들이라면

이기고 싶어서-가 아니라
이루고 싶어서 다툰다.

서로가 생각하는 답이 하나로 일치하는
가장 행복한 결말을, 이루고 싶어서.

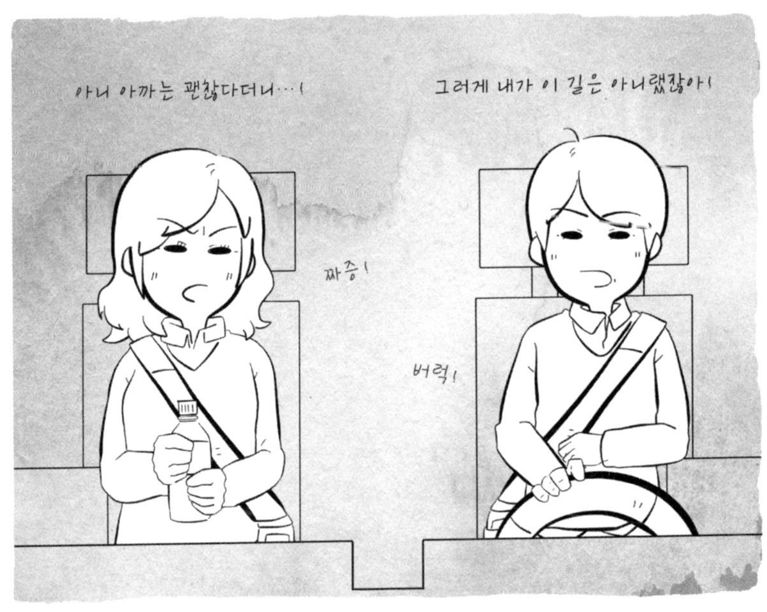
아니 아까는 괜찮다더니…!
그러게 내가 이 길은 아니랬잖아!
짜증!
버럭!

아유으으으!!
이 양반이 진짜
맨날 어디 갈 때마다…
어휴 진짜 콱 그냥-!!

찌릿;;
어, 흠흠… 여보오?
나… 목이 좀 마른데요…?
찌릿;;

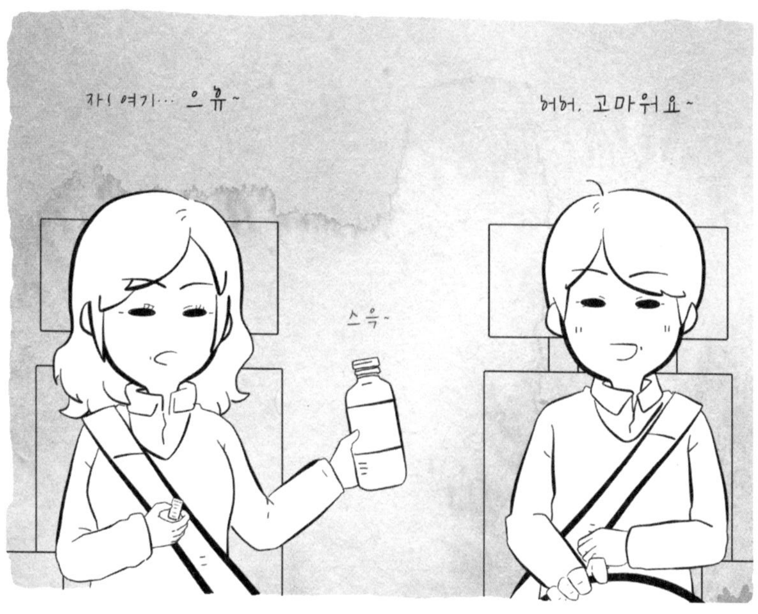
자! 여기… 으휴~
허허, 고마워요~
스윽~

"사랑이 다툼을 통해서 얻는 것"

가벼운 취향 문제로 내가 옳다, 네가 틀리다
이러쿵저러쿵 말도 안 되는 것들로
그녀와 실랑이를 벌이고 있었다.

맞은편에 앉아서 한참 동안 그 모습을 보고 있던
친구 녀석이 한숨을 내쉬며 말하길

"너희 참 예쁘다… 어떻게
다투는 모습도 이렇게 보기 좋냐?"

때로는 언성이 높아지고,
눈물과 상처가 수없이 쌓여가지만
밀어내기 위한 것만이 아닌
동화되기 위한 다툼도 있다.

한바탕 크게 싸우다가도 문득
그 혹은 내가 한 걸음 물러선다.
평소라면 아니라고 소리칠 타이밍에

생각해보니, 그러네…
네 말이 맞는 것 같아. 미안해.

그때가 되면 누구라도
짧은 숨을 내쉬며 웃는다.
고마워서 한 번 웃고
미안해서 한 번 더, 웃는다.

그건 사랑이 다툼을 통해서 얻는
소중한 선물이다.

안전한지, 무너지지 않고 잘 지킬 자신이 있는지
두드리고 또 두들겨서 조심조심…
돌다리 사랑.

불안해서가 아니라 누리고 싶어서

한두 번 두들겨 보면 의심하는 것이지만
하루하루 두들겨 보면 안심하는 것이다.

어젯밤 문득 좋아해요? 물어놓고
다시는 묻지 않으면 확인이고

어젯밤 문득 좋아하나요? 물어놓고
오늘도 좋아하냐고 물으면 확신이다.

몇 번이고 당신을 두드려서
당신의 대답을 듣고 싶어하는 것은
불안해서가 아니라 누리고 싶은 것이다.

당신의 사랑 고백을.

응…?
아빠 뭐해…?

뭐하긴. 우리 따님 가실 길
두드려보는 중이지.
응..?
우습게 생각하면 안 돼…

사랑 말이야, 사랑…

"어떤 소리가 울리는지를…"

사랑에는 답이 없다고 말하면서
나보다 어린 친구들과 대화하다 보면
어느새 조언을 하고 있는 나를 본다.

아무래도, 이렇게 해야 하지 않을까.
아니 그건 아니고 혹시 이건 어때…?
음… 사랑이라면, 그런 것 아닐까?

무엇인가 알려주려 하기보다는,
한 번쯤 더 두들겨 보라고 이야기한다.

당신의 마음이 진심이냐고
정말로 날 좋아하느냐고
그 사람의 대답을 기다리며
두드리라는 것이 아니라

자신을, 스스로 두드려 보라고.

내 마음이 정확히 뭐라고 말하는지,
지금 내 마음을 두드렸을 때
어떤 소리가 울리는지를.

그 사람의 마음에 속는 일보다
나 자신의 마음에 속는 일이
더 짙은 아픔을 남기기에…

사랑을 시작하려는 이들 앞에서는
몇 번이고 그렇게 잔소리꾼이 된다.

40하고도 반이 꺾였지만, 사랑은 늘 따뜻한 추억입니다.
아픔을 남기고 떠나갔어도, 좋은 기억만 생각나는…
평생을 함께할 추억입니다.

다가올 내일을 위해
오늘의 나를 다독여주는

차가운 것을 싫어하는 그도
땀이 쏟아지는 여름날에는
에어컨 앞에 앉아 아이스 커피를 찾는다.

뜨거운 것을 싫어하는 그녀도
입김조차 얼어붙는 겨울이 오면
난로 앞에 앉아 따뜻한 유자차를 마신다.

지금 내가 싫어하는 것들이
상황이 바뀌는 어느 순간에는
내게 필요한 것들이 되곤 한다.

가슴 시린 기억이 그렇다.

돌아서는 순간, 기억하고 싶지 않다고
다시는 찾지 않겠노라고 깊은 곳에
묻어버리는 시간들도.

언젠가 다시금 꺼내보는 날이 온다.
멀리 던져버린 시간들까지도

찾아 헤매는 날이 온다.

어떠한 모습으로 남은 기억이든,
지나간 모든 기억들은 추억이고
그 추억은 다가올 내일을 위해

오늘의 나를 다독여주는 선물이다.

아, 따뜻해…
아…

아무리 뜨거운 감정이라도.
시간이 지나면 결국…
식어버린다.

하지만, 내 속에 그 따뜻함이 아직 남아있어서…
그 따뜻함이 그리워서… 다시 또

"아무래도 사랑이 식었나 보다…"

언제나 말을 시원시원하게 해서
가슴이 쿡-찔려 아플 때도 있지만,
때로는 답답했던 머릿속이 뻥-뚫리게
잊고 있던 답을 찾게 해주는 친구가 있다.

그때의 나는 지금보다도 더 어렸고,
사랑에 대해서도 생각이 깊지 못했다.
푸념처럼 내 사랑 이야기를 늘어놓다가
아무래도 사랑이 식었나보다고 중얼거렸다.

그러자 그녀는 여느 때처럼
나를 쳐다보지도 않은 채
시원시원한 목소리로 말했다.

식긴 뭘 식어. 사랑이 커피야?
식었으면 렌지에 넣고 돌리든
얼음을 넣든 하면 되지.
왜 한숨을 푹푹 쉬고 난리야.

웃으며 던지는 그녀의 말에
내 마음은 따끔거렸지만,
입가에는 미소가 번졌다.

렌지에 넣고 돌리라는 말,
얼음을 넣으면 된다는 말,
그보다 적절한 비유가 있을까.

사랑도 언젠가는 식는다.

그리고 식었다면 그녀의 말처럼
렌지에 넣고 돌려서
다시 뜨겁게 만들면 된다.

할 수 있는 것들이 아직
너무도 많다는 말이다.

중년의 사랑은, 자기희생입니다.
말없이 그 사람을 위해
자신을 비웁니다.

나를 먼저,
너를 먼저

먼저 손을 내밀어 주는 일
먼저 내 것을 양보하는 일
먼저 그 사람을 안아 주는 일.

나보다 먼저 상대방을 생각하는 일이란
자신을 비우지 않고서는 불가능하다.

내 안에 내가 있으면 불가능하고
내 안에 네가 있어야 가능한 일들.

내 것으로 나를 채웠을 때
늘 허전했던 그 자리는,
네 것으로 나를 채울 수 있을 때
지체 없이 넘쳐흐른다.

나를 먼저 비우고
너를 먼저 채우고.

어제의 나는 못했지만
내일의 나는 할 수 있는 사랑.

지금까지의 나는 못했지만
앞으로의 나는 할 수 있을 사랑.

희생도 사랑의 일부-라는 말은
쉽게 받아들일 수 없는 이야기지만,
서로가 함께 이뤄갈 때, 참 쉬운 이야기.

가지고 있던 것들과, 있던 곳을 떠나

바닥에 홀로 남겨지지만…

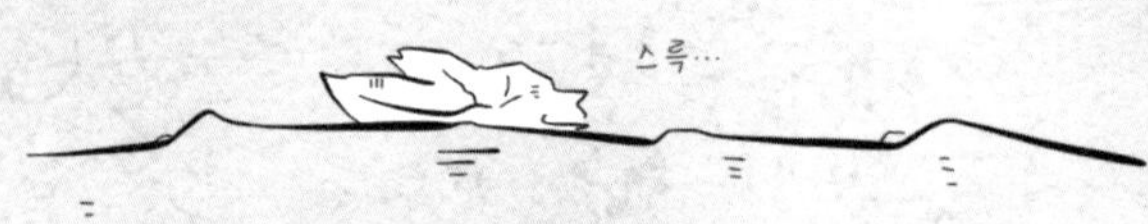

다시 또 그의 일부가 되어…

평생을 곁에서, 함께 살아간다.

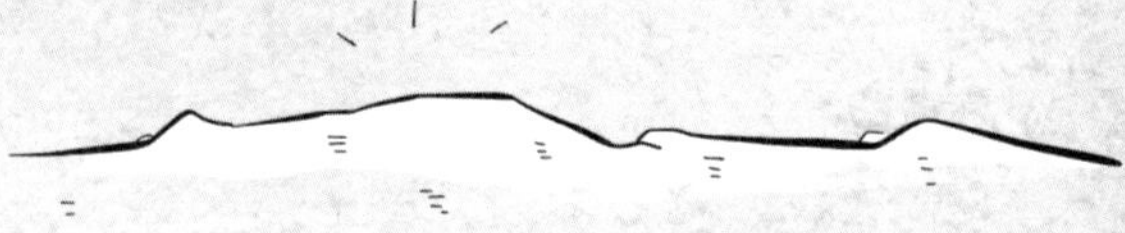

"내 모든 것을 비우고…"

가족을 떠나고 집을 떠나
볼품없이 그리고 쓸쓸하게
바닥에 떨어져 사라지는
낙엽이 불쌍하다는 생각을 했다.

어제의 나는 몰랐지만,
오늘의 나는 알고 있다.

낙엽이 머물던 나무,
나무가 뿌리박고 있는 땅,
땅을 살아 숨 쉬게 하는 양분.

결국 자신의 몸을 희생해서
그 땅의 양분이 된다는 것을,
사랑하는 이들의 일부가 된다는 것을.

–

아버지께 중년의 사랑을 여쭤보았다.

하나하나 씨앗을 심는 섬김,
매일매일 가꿔주는 배려,

그리고 희생으로 열매를 맺는다.

그 모든 과정이 행복이라는 말씀에,
입가에 머물던 수많은 사랑 이야기가
조용히 고개를 숙였다.

사람은 사랑으로 살아가고
사랑을 이루는 것은 사람이다.
그러니 사람은 그 사랑을 위해서

내 모든 것을 비우고
삶을 내어주어도 좋다.

가족을 위해 바친 청춘…
오십대의 사랑은, 부부가 함께 먼 길을 의지하며
서로 동무처럼 걸어가야 하는 것입니다.

서로 다른
두 사람이 함께

물과 기름을 한곳에 넣고
아무리 세차게 흔들어도
완전한 하나가 될 수는 없다.

불과 얼음은 함께 어울릴 수 없고
자동차와 기차는 가는 길이 다르며
해와 달은 함께 뜨지 않는다.

남자와 여자는 그만큼이나 다르다.

태어나는 순간부터 떠나는 날까지
서로 다른 모습으로 서로 다른 방향을 보고
서로 다른 기준 안에서 생각을 한다.

그렇게 서로 다른 두 사람이
함께 마주하고 오랜 세월을 걸어간다는 것은
배가 하늘을 날고 해가 밤에 뜨고
얼음이 불 속에 머무는 것처럼 놀라운 일이다.

책이나 드라마 영화-에서가 아니라,

서로의 다름을 알고 받아들이고
서로의 길 위에 서서 걸어갈 준비가 된
아니, 이미 그렇게 걸어가고 있는

그분들에게서 사랑을 배운다.

달그락
달그락
티딕!
티디딕!

음흠흠~
그래, 치킨 샀다~

당신이나 나나 어느새...
참, 많이도 왔네.

이제는… 쭈욱 같이 걸읍시다.

"그 사람의 빈 곳을, 나도 비우고"

단 한 번이라도, 크게 다투는 모습을 본 적이 없다.
목소리가 높아질까 싶으면 어느새 웃고 있었다.
그분들의 사랑은 분명히 내가 알 수 없는,
내가 아직 다룰 수 없는 무엇인가가 담겨 있었다.

두 사람이 하나의 목적을 두고 같이 일할 때,
중간에 어긋나지 않고 끝까지 함께 하기 위해서는
자신의 생각에 대한 어느 정도의 침묵이 필요하다.

입을 다물어버리는 침묵이 아닌
서로 일치하는 의견을 제외한 모든 생각들,
함께 걸어가는 길 안에서는 불필요한
그 모든 말에 대한 생략이다.

내가 그 사람보다 더 빨리 달릴 수 있어도
내가 그 사람보다 더 높이 뛸 수 있어도
그 사람이 달릴 수 있고 뛸 수 있을 만큼만
함께 움직이고 함께 도달하는 것.

그분들의 사랑은 그 모습과 비슷했다.

젊은 날의 사랑이, 그 사람의 빈 곳을

내가 다 채워주려 하는 것이라면
그분들의 사랑은, 그 사람의 빈 곳을
나도 비우고 같이 채워가는 것이다.

나는 지금 이만큼 와 있으니,
네가 도착하면 같이 출발하겠다는 것이 아닌
내가 뒤로 돌아가 그 사람의 옆에서

함께 걸어오는, 그 사랑.

그저 바라만 봐도 아는 사이.
아마, 사랑일 겁니다.

알면서도
모르는 척

알면서 모르는 척하게 되는 것일까,
알지 못하게 되어가는 것일까.
언젠가는 눈빛만 봐도
먹고 싶은 음식까지 맞추던 이가,
어느새 몸짓으로 표현해도
무엇을 원하는지 전혀 모르는,

몇 걸음 떨어진 사람이 되어있다.

아마도 대부분이 알면서도
모르는 척하고 살아간다.
삶이 고단하고 하루가 무겁고
내가 하고 싶은 것들조차
제대로 못하고 있다는 이유로
무엇이든 읽을 수 있는 능력을
깊은 곳에 감춰두고 살아가는 것이다.

사실 그때 말하려고 하긴 했는데…

그 사람이, 내 눈이 닿지 않는 곳으로

내 목소리가 들리지도,
내 향을 맡을 수도 없는
먼 곳으로 떨어진 후에…

지난날의 그러려고 했던 것들을
끄집어내며 아파하지 말고

지금 마음껏 바라보아야 한다.
지금 더 깊이 읽어야 한다.
지금 몇 걸음 더 다가가서

내가 읽어낸 것들을 말해주자.

아...
음...?

오호라...
어쩐지 지난주부터...!

날도 좋은데...
저어기 나들이나 갈까?
어머 당신! 정말?!
어디어디?!

“거짓이 없고, 꾸밈이 없는”

TV에서 봄맞이 프로그램으로
화사한 꽃들이 가득한 공원의 풍경을
찬찬히 보여주고 있었다.

그녀는 채널을 돌리다 말고
조금은 서글픈 마음으로,
화면 속 꽃들의 향기에 푹 잠겼다.

그는 그 순간을 놓치지 않았다.
아주 잠깐, 그녀를 바라보고서
그는 확신의 미소를 지었다.

방으로 들어간 그는 얇은 외투를 걸치고
열쇠 꾸러미를 들고 나왔다.
그리고 문을 나서며 말하길

뭐해, 얼른 옷 갈아입고 나와.
꽃 보러 안 가? 차 빼놓고 있을게.

그건 내가 두 눈으로 보고 마음으로 느낀,
오랜 세월 마음과 정을 쌓아온 사람들의
거짓이 없고 꾸밈이 없는

투명한 사랑이었다.

60대의 사랑은, 내 모든 것을 다 주고
빈껍데기만 남아도 허허 웃을 수 있는 것.
그리고 더 줄 게 없어서… 안타까운 것이더군요.

언제가 안타까워할 순간들

우리는 아직 모른다.
더 줄 수 없어 안타까운 그 마음을.

나는 아직 알 수 없다.
모든 것을 다 주는 사랑의 의미를.

우리는 아직 이르다.
사랑을 제대로 해봤다고 하기에는.

나는 아직 멀었다.
사랑에 대해서 들려주기에는.

그래도 한 가지 확실한 것이 있다.
언젠가 완전히 멈추어 서서
걸어온 날들을 돌아보는 날이 오면

내 뒤로 펼쳐진 수많은 날들 속에
더 사랑하지 못해 안타까운 날은 있어도
너무 사랑했기에 안타까울 날이란

없을 것이다.

오늘도 사랑하고,
내일도 사랑을 하자.
수많은 실수와 후회를 남기더라도

사랑 앞에는, 사랑만이 남도록.

허허, 나도 참.
벌써 당신 생일을 잊어버리다니…

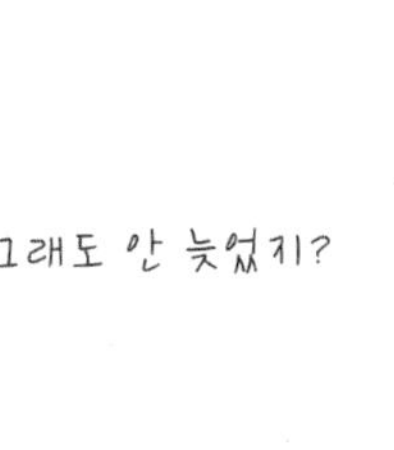

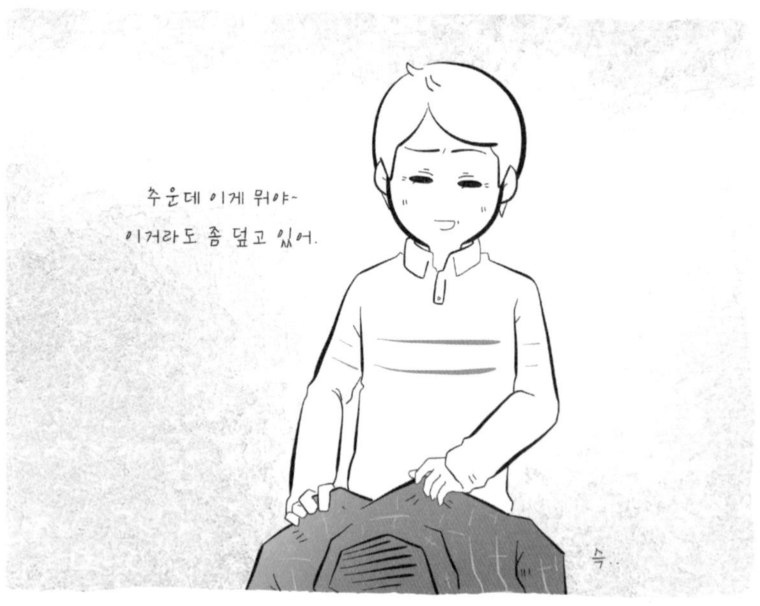
추운데 이게 뭐야~
이거라도 좀 덮고 있어.
슥..

아? 이 옷 기억해?
그래. 이거 당신이 그…
몇번째더라…?
생일 선물로 당신이
사준 옷이잖아~

당신, 내가 너무 자주 오니까
이제 안 반가우려나…?

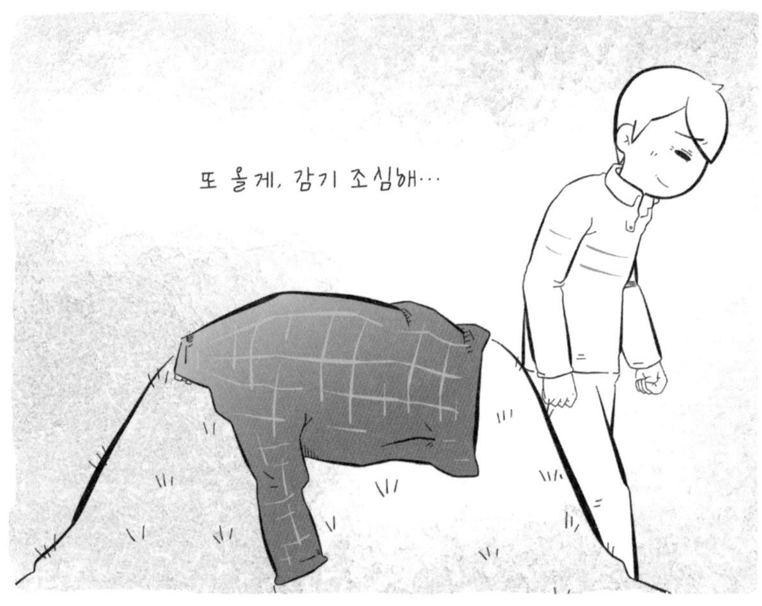
또 올게, 감기 조심해…

그런 바보

싸울 때가 있으면 질 때가 있고,
그걸 인정해야 할 때도 있는데…
바보들만은 멈출 줄을 모르지.

사실 난 늘 그런 바보였단다.

— 영화 〈빅 피쉬〉 중에서

사랑-하면 아버지가 떠오른다.
더 깊은 곳에서부터 시작된 사랑.
저도… 그렇게 사랑하며 살겠습니다.

더 깊은 곳에서 시작된 사랑

앞을 보면서도 옆을 살피고,
위를 바라보고 있으면서도
아래를 살피고.

절대로 놓치지 않겠노라
한 손 가득 우리들을
끌어안고 있으면서도

나의, 그리고 우리의
또 다른 하루하루를 위해서
저 멀리 있을 것들에

또 다시 남은 한 손을 내민다.

–

지금은 그 시선이 나를 향하지 않고 있구나,
느끼는 그 순간에도 아니 어느 순간에도
나를 지켜보고 보호하고 붙잡고 있는 것.

차가워 보이지만 사실은 무엇보다 강하고 뜨거운
더 깊은 곳에서 시작된 아버지의 사랑.

그래서 나에게 사랑은, 아버지다.

아빠~ 저예요ㅎㅎ

왜긴요~!! 저…

합! 격! 했습니다~!!

헤헤헤

아, 네. 그럼…
다시 또 얘기해요~
끊을게요.
뭐야, 아부지…
별로 안 기쁘신가…
반응이 영…;;

끊을게요..
장하다…
장하다, 우리 아들.

"낮고 짙게 깔린 그림자"

그분의 사랑은 무겁지 않았다.
주위 어느 곳으로 고개를 돌려도
그 사랑을 느낄 수 있었다.
볼 수 있었고, 만질 수 있었다.

나의 글 속에도, 그림 속에도,
사진 한 장, 한 장 속에도
그분의 관심과 애정이 스며있었다.

내가 가진 모든 것들의 첫걸음은,
그분이 내어주신 어깨 위에서
낮고 짙게 깔린 그림자를 밟고서 시작되었다.

다른 무엇을 바라고가 아닌,
오로지 사랑만으로 내어주신
그분의 하루하루로 지금의 내가 서 있다.

나는 사랑이라는 말의 뜻을 그렇게 배웠고
여전히 가족을 향한 당신의 하루 속에서
사랑을, 사랑하며 사는 삶을 배우고 있다.

저도 그렇게… 사랑하며 살겠습니다.

당신이 주신 사랑처럼 아낌없이
계산 없이 사랑하며 살겠습니다.

당신의 사랑에 보답하며
내 사랑에 헌신하며
사랑, 사랑, 사랑으로 살겠습니다.

지금 이 순간의 한 걸음까지도
지켜봐 주시는 내 아버지.

사랑합니다.

사랑에 대한 이야기란 다 비슷하다. 결국, 다 같은 불만과 같은 후회와 같은 걱정과 같은 기대를 안고 사랑을 한다. 그럼에도 누군가는 그 흔한 사랑 이야기에 귀를 기울인다. 나처럼 그 사랑 이야기에 한동안 푹 빠져 헤어나지 못하는 사람도 있다. 의도한 것은 아니었지만, 온라인에서 에세이를 연재하는 동안에도 참 많은 분들이 잠시 그곳에 머물며 무엇인가를 하나씩 찾아갔다. 다른 이들의 사랑 이야기 속에서 누군가는 위로를 받았고 누군가는 용기를 얻었고 누군가는 용서를 구했다. 또 누군가는 그 사람을 걱정했으며, 누군가는 말없이 눈물을 흘렸다. 그리고 그저 글과 그림으로 옮겨놓았을 뿐인 내게도, 감사하다는 말로 가득 채운 편지를 보내주었다. 사랑이라는 감정에 놀라운 힘이 있듯이, 사랑 이야기에도 분명 특별한 힘이 담겨 있었다.

이 책은 그런 힘을 옮겨 담기 위해 집필했다. 내가 전할 수 있는 도구로 그들의 사랑을 담기 위해 노력했다. 항상 써왔고 항상 그려왔듯이 이렇게 또 사랑 이야기지만, 이 책이 내 책장에 꽂힐 때쯤에도 나는 여전히 사랑을 쓰고 있을 것이다.

사랑에는 눈물이 많다

내가 더 울었고
내가 더 힘들었고
내가 더 노력했고
내가 더 표현했고

내가 더 이해했으며
내가 더 많이…

우리는 항상 약자 경쟁을 한다. 그 사람과 나의 사랑에서 나는 늘 약자였고, 나는 늘 피해자였으며, 나는 늘 조금 더 어른스러웠다고. 나는 할 만큼 했어, 그러니까… 이제는 네가 해주든지 아니면 그만두던지- 결국 그렇게 비겁해지고 만다. 그렇게 서로에게 해준 것들을 찾아보다가는 끝이 없다.

보고 있어? 널 위해 내가 어떤 것들을 하고 있는지 말이야.

지금 우리가 사랑하는 모습이 이렇다. 물론 사랑에는 분명 답이 없다. 사랑하는 방법도 모습도, 누군가 제한하거나 정해줄 수는 없다. 그래도 굳이 사랑에 대해서 말하자면… 적어도 사랑이라면 적어도 사랑한다면, 보고 있어? 라기보다는 보고 있어! 라고 말해야 하지 않을까? 해온 것들을 보고 있느냐고 묻지 말고 앞으로 내가 네게 할 것들을 그저 봐 달라고. 그렇게 당신은 나를 보고, 나는 당신을 보고. 지나간 길을 되짚어 보느라 애쓰지 말고 찾아올 길을 함께 짚어 나가자고 하는 것.

내가 더 사랑했어보다는 내가 더 사랑할게. 뒤보다는 앞을 보며 어제보다는 오늘을 보고, 오늘은 또 내일을 그리며 지난날의 우리가 아닌 앞으로의 우리를 사랑하는 사람으로.

그렇게 사랑하며 살아요, 우리.

두 번째
사랑 이야기를
마치며

Thanks to 소중한 이야기를 들려주신 감사한 분들

이 책은 여러분과 함께 써내려간 소중한 추억입니다.
진심으로 감사합니다.

✦ 사랑을, 하고 싶다 ✦

"모든 안테나가, 그 사람을 향하게 된다. 아프진 않은지 힘든 건 아닌지, 괜찮은 건지… 사소한 하나하나까지 궁금하고 걱정되는, 그런 마음." – In님

"주고 또 주고, 주었음에도 다시 주고 싶은 이 마음이란…" – 따뜻한 마음님

"늦은 시간, 한치의 망설임 없이 떠오르는 그 사람. 늦은 시간, 여태 나를 잠 못 들게 하는 그 사람." – 강덕녕님

"같이 있으면 편하고 좋았다. 마치, 내 발에 꼭 맞는 신발처럼." – 이건우님

"내 모든 것을 다 주고도 우리 사랑하길 참 잘했다고 말할 수 있는 것." – 해진님

"호감일지 사랑일지 몰라 망설였었다. 세월이 흐른 뒤에서야 그 감정을 알았다. 사랑, 다시 내게 다가와 주었으면…" – 정서윤님

"변하지 않는 것은 없다지만… 그래도 이것만큼은 시간이 흘러도, 결코 변하지 않았으면." – 김민정님

"그와 함께했던 순간 행복했다면, 그게 사랑이 아닐까 싶어요." – 김성문님

"분명 조금 전에 헤어졌는데 다시 또, 네가 보고 싶어…" – lhc514님

"사랑은 소리 없이, 가랑비에 젖듯 그렇게 서서히, 스며들곤 한다. 어느 순간, 아! 이게 사랑이구나. 때로는… 아, 사랑이었구나…" – 을콩님

"모든 것을 다, 해주고 싶었다. 모든 것을 다, 주어도 아깝지 않았다. 사랑, 했으니까…" – 사랑 바람님

"설레었다가 금세 토라졌다가, 함께 웃다가 울기도 하는… 하루에도 수십 번씩 내 마음을 변덕쟁이로 만드는, 사랑." – 변덕쟁이님

"내 웃는 모습이 좋다며 노력하는 너를 볼 수 있다는 것이. 그런 네가 정말 좋다고 마음껏 말할 수 있다는 것이, 사랑의 이유다." – 정인애님

"사소한 것들까지 예뻐 보이고, 세상 그 어떤 것도 너와 연관 지어 생각하게 되더라…" – 김주연님

"사랑은 언제나 나에게 최고의 비타민이 되어주었다." – 김진각님

"많은 표현은 없을지라도, 김치 하나에서도 느껴지는 것. 사랑, 어머니의 그… 사랑." – 김정임님

"어디선가 슬쩍 피어났다. 새싹처럼, 작고 어여쁜 사랑이." – 한혜지님

"사랑은, 아무래도 기적입니다. 그와 내가 만드는 기적… 행복합니다. 함께하는 매 순간이." – 주수정님

"사랑은 나를 시인으로 만든다." – 이성규님

"완벽함으로부터 시작하는 것은 없다. 힘들더라도 하나하나 조심스럽게 쌓아왔기 때문에 소중한 것이다." – 진정숙님

"아플 걸 알면서도, 한 발, 한 발 내디뎠어요. 그리고 한 발, 한 발 내딛는 동안 행복했어요." – Nikky Im님

"사랑이란… 그저 함께하는 것." – 김갑숙님

✦ 사랑을, 지키고 싶다 ✦

"때로는, 한 발짝 뒤에서 말없이 기다릴 수 있는 것…" – hee들꽃향님

"사랑은 그 사람에 대한 이해다. 그리고 이해란, 내가 그의 입장이 되어 생각해 볼 수 있는 것이다." – 김완수님

"사랑은 저 하늘과 닮았어요. 정말 화창하고 맑은 날이 있으면, 흐리거나 천둥, 번개가 치는 날도 있어요. 그리고 비가 오는 날에는…" – anna님

"퍼즐 조각처럼 하나하나 신중하게 맞춰가야 한다. 조금이라도 어긋나면,
조각은 맞지 않으니까…" – 조현미님

"기쁨이 있으면 슬픔이 있고, 괴로움이 있으면 즐거움이 있고…
마치, 감정의 종합선물세트 같아요." – 덜룽이 성미선님

"너무 꽉 잡으면 터져버리고, 놓으면 훨훨 날아가 버리고…" – Yiyejin님

"고장난 신호등처럼, 제멋대로다. 멈춰야 함을 알면서도, 멈추지 못하고.
가야 하지만 그대로 멈춰버린다. 머리로는 이해하지만,
가슴이 허락지 않는…" – 양화찬주해주맘님

"난, 너 아니면 안 돼. 넌, 나 아니면 안 돼." – Hyangrankim님

"쨍그랑, 유리처럼 깨어질까 봐서… 늘 조심스럽게, 내 품에." – 설레임님

"아프고, 아프고 아픈 것. 그래도, 그래도 행복한 것." – Yeounju님

"내가 좋아하는 사람이 날 좋아해 주면, 얼마나 좋을까요…?" – 경아님

"좋아하는 것을 다 해주는 것보다, 싫어하는 것을 하지 않는 것…" – 희야님

"아무리 채워도 가득 차지 않는, 구멍난 항아리 같아서…
그래서 늘 채워줘야 하는 것." – 박미옥님

"빨리 앞서서 뛰다간 지쳐버려요. 지쳐서 혼자 주저앉으면 닿을 수 없어요.
꾸준히 함께 달려야 도착할 수 있어요. 마치, 마라톤처럼…" – 연꽃님

✦ 사랑을, 느끼고 싶다 ✦

"제가 아는 사랑의 의미는 Only you입니다. 오직 그 사람뿐입니다.
한결같이, 보고 싶네요." – 채블리님

"아무것도 따지지 않고 막무가내로… 마음을
따라서 하는 것입니다."– 신아름님

"활짝 피지 못한 꽃 같아요. 아직 완전히 펴보지는 못한, 그러나 이미
시작해버린. 점점 피어가는, 그런 사랑이요…" – Hayoung님

"사랑은 아직, 두려움 같아요. 상처를 받고 마음의 문을 걸어 잠그다 보니, 마음의 문이 다시 열릴 때까지의 두려움이란…" – 전미나님

"철이 없는 시절이기에 가능한 것. 스스로 성숙하다 여기기에 감히 해보는 것. 온 마음을 다하고, 최선을 다해 사랑하는 것." – 정호건님

"저의 사랑은, 서로의 아픔을 함께 나누는 것입니다." – 이현희님

"저의 사랑은… 아직 완성되지 않은 지도의 빈칸을 채워가는 여행 같습니다." – 재욱님

"확신과 확인 그리고 확답의 반복인 것 같아요." – 강정숙님

"일상의 소소함을 함께하는 것입니다. 특별하진 않지만 하루하루 사랑으로 채워가는 느낌, 참 소중합니다." – 박지연님

"저에게 사랑이란 입어본 적 없는 옷을 입는 것 같습니다. 그렇게 아직까지도, 서투른 감정입니다." – 서수연님

"모든 것을 내려놓고 있는 그대로의 나를… 그 사람에게 보여주는 것이라 생각해요." – 김미란님

"어느 날은 합하고, 어느 날은 곱하고. 또 어느 날은 빼거나 나누어서 상황에 맞는 표현할 수 있는… 이제는 그런 사랑을 하려 한다." – MOKA7님

"40대인 우리, 아직도 티격태격 싸워요. 하지만, 그 사람과의 더 깊은 사랑이 늘 기대되므로… 언제까지라도." – 이숙향님

"안전한지, 무너지지 않고 잘 지킬 자신이 있는지. 두드리고 또 두들겨서 조심조심… 돌다리 사랑." – 유호영님

"40하고도 반이 꺾였지만, 사랑은 늘 따뜻한 추억입니다. 아픔을 남기고 떠나갔어도, 좋은 기억만 생각나는… 평생을 함께할 추억입니다." – 잰이님

"중년의 사랑은, 자기희생입니다. 말없이 그 사람을 위해 자신을 비웁니다." – 이성규님

"가족을 위해 바친 청춘… 오십대의 사랑은, 부부가 함께 먼 길을 의지하며 서로 동무처럼 걸어가야 하는 것입니다." – 임영옥님

"그저 바라만 봐도 아는 사이. 아마, 사랑일 겁니다." – 이원숙님

"60대의 사랑은, 내 모든 것을 다 주고 빈껍데기만 남아도
허허 웃을 수 있는 것. 그리고 더 줄 게 없어서…
안타까운 것이더군요." – 고운 미소님

그리고 이 모든 이야기들을 쓰는 동안 항상 함께해준 소중한 분들.

말문이 막히듯 글이 막히고 그림이 막혀서 힘들어할 때마다,

닫혀있는 내 생각 속의 여유를 되찾아주고 참 많은 이야기들과

마주할 수 있도록 도와준 사랑하는 아버지, 어머니, 형,

그리고 내 소중한 친구에게

진심으로 감사합니다. 그리고 사랑합니다.

●○● 여유가 있을 때… 제 바로 옆에 있는 내 사람, 내 사랑을 보게 됩니다. 늘 제 사람, 제 사랑을 다시 바라볼 수 있게 해 주시는 작가님. 《사랑제곱》 출간을 진심으로 축하드립니다. ^^ 작가님. 늘 감사해요.^^ – Sunny 님

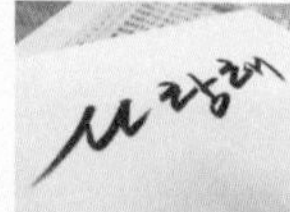

●○● 힘찬 작가님을 처음 접했을 때 사랑을 하고 있었고, 첫 번째 책이 나왔을 때 이별을 하고 지금 그 이별 후 이제 두 번째 책이 출간 되네요~ 작가님 덕분에 제 사랑을 더 많이 느낄 수 있었고, 이별을 더 많이 아파했지만… 그 이별 뒤에 잘 버틸 수 있었던 것도 바로 작가님 덕분인 것 같습니다. 앞선 사랑은 이별로 끝났지만 힘찬 작가님의 글을 보며 또 새로운 사랑을 시작할 수 있겠죠? 《사랑제곱》 참 좋은 말입니다. 책 출간 축하드리고요. 많은 사람들에게 잃어버린 감성을 되찾아주셔서, 사랑을 느끼게 해주셔서, 살아있음을 느끼게 해주셔서 감사합니다. – 랑이네 님

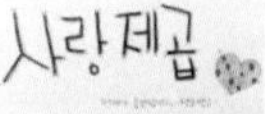

●○● 이번 책 표지는 어떤 색일까? 이번 책 글씨체는 어떤 걸까? 이번 책은 누구에게 선물할까? 행복한 고민을 합니다. 물론 또 어떤 끄적임으로 공감을 하게 될지 기대도 많이 됩니다. 《사랑제곱》 출간을 축하드리며 언제나 힘찬님의 끄적임들을 응원합니다. ^---^ – 쌩긋쌩긋 님

●○● 저는 작가님의 글을 매우 감명 깊게 보고, 감동과 함께 신선한 충격을 받은 사람입니다. 그랬기에 작가님의 글을 밤을 지새며 읽고 또 읽기도 했습니다. 책장을 넘기며 때론 감동에 젖어, 그 감동과 더불어 카타르시스에… 마흔의 나이인 저이지만 저도 모르게 눈가에 눈물이 맺힌 적이 한두 번이 아닙니다. 직장인인지라 딱딱한 업무에 지쳐 마음마저도 굳어만 갔었는데, 작가님의 글을 읽고 딱딱해져만 가던 제 마음이 많이 부드러워졌습니다. 개인적으로 회사 업무 외에 기획에 관심이 있어 기획과 관련된 공부도 틈틈이 하고 있습니다. 기획을 하다보면 때론 논리가 앞서야 할 때도 있지만, 그보다는 감성이 충만해져야 풍부한 아이디어들이 많이 떠오르거든요. 이렇듯 제게 작가님의 글은 부족했던 감성을 넘치게 채워주었습니다. 그리고 바로 오늘 《사랑제곱》이라는 책이 출간될 예정이라는 기쁜 소식을 접하게 되었습니다. 실은 제가 아직 연애다운 연애를 못해본지라, 아직까지도 미혼입니다. 그러나 얼마 전 한 처자를 만나 서로에게 호감이라는 감정을 가지고 교제를 시작하는 단계에 있습니다. 아직 사랑이라는 감정에 많이 미숙한 제게 《사랑제곱》은 예쁜 사랑을 키워가는 데 많은 도움이 되리라 생각됩니다. 저뿐만 아니라 이 시대를 살고 있는 사람들에게 큰 도움이 될 것 같습니다. 《사랑제곱》이라는 책이 사랑이라는 감정에 너무나 서툰, 그래서 감정 표현에 미숙한 저를 포함한 이시대의 싱글들과, 사랑을 하고 있더라도 표현에 매우 서툰 연인들에게 좋은 지침서가 되리라 생각됩니다. 작가님 좋은 책 탄생시키느라 노고 많으셨습니다. – 배○○ 님

●○● 지인의 카카오스토리를 통해 작가님의 글을 접하게 되었습니다. 처음부터 마음에 와닿던 글. 연애로도 일로도 많이 힘들 때 작가님의 글을 보면서 마음이 따뜻해지는 걸 느꼈습니다. 고맙습니다! 《사랑제곱》을 낸다고 했을 때 언제 나오나 싶어 검색해보기를 수차례… 마음이 따뜻해지는 책일 것 같아서 기다려집니다. 언제나 좋은 글로 감동을 주는 이힘찬 작가님 파이팅! – 최수지 님

●○● H 님

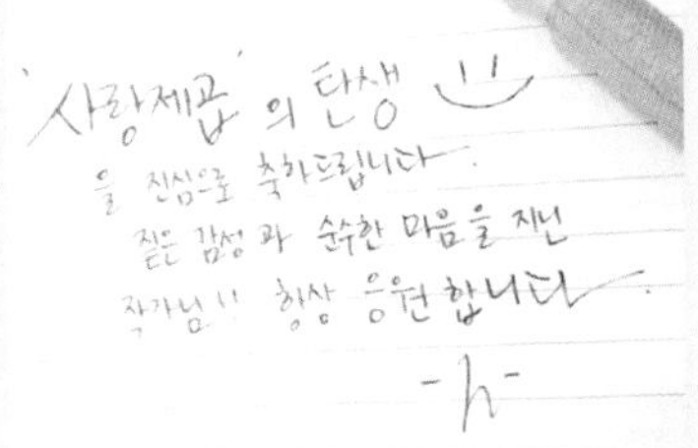

●○● 이우정 님

사랑이란 아플껄 알면서도
계속 찾게되는 건망증이
아닐까요?

항상 덕분에 사랑을 다시 생각하고
이야기에 공감할수 있어서 행복합니다.
고맙습니다. 축하드립니다. 항상 행복하세요.

●○● 송수한 님

아낌없이 사랑할 것.
지금 함께 하고 있는
소중한 사람을
계산없이 사랑하고
후회없이 표현할 것.
-2015.1.8 @sky_Soohan

●○● 서우 님

●○● 콩 님

●○● 지니지니 님

사랑 제곱

1판 1쇄 인쇄 2015년 2월 23일
1판 1쇄 발행 2015년 3월 3일

지은이 이힘찬

발행인 양원석
본부장 김순미
책임편집 양성미
전산조판 김미선
해외저작권 황지현, 지소연
제작 문태일, 김수진
영업마케팅 김경만, 정재만, 곽희은, 임충진, 이영인, 장현기, 김민수,
임우열, 윤기봉, 송기현, 우지연, 정미진, 이선미, 최경민

펴낸 곳 ㈜알에이치코리아
주소 서울시 금천구 가산디지털2로 53, 20층(가산동, 한라시그마밸리)
편집문의 02-6443-8844 **구입문의** 02-6443-8838
홈페이지 http://rhk.co.kr
등록 2004년 1월 15일 제2-3726호

ISBN 978-89-255-5556-0 (03810)

RHK는 랜덤하우스코리아의 새 이름입니다.